Gabriele Böing

Kalte Lügen und heiße Urlaubsliebe

Impressum

Bibliografische Information der Deutschen
Nationalbibliothek:
Die Deutsche Nationalbibliothek verzeichnet diese
Publikation in der Deutschen Nationalbibliografie;
detaillierte bibliografische Daten sind im Internet über
http://dnb.dnb.de abrufbar.

2. Auflage

© 2020 Gabriele Böing

Herstellung und Verlag: BoD – Books on Demand,
Norderstedt

ISBN: 978-3-7494-5313-9

KAPITEL 1

»Was soll das?«, wütend warf Lukas das Schreiben auf die Dielenkommode. Mit seiner muskulösen Figur, seiner Motorradlederkleidung und den wütend funkelnden hellblauen Augen war er noch immer sehr attraktiv.

Claudia ließ dies jedoch inzwischen völlig unbeeindruckt. Sie war zu häufig auf ihn hereingefallen, hatte zu viele Enttäuschungen und Tränen an ihn verschwendet. Claudia konnte und wollte sich nicht mehr durch seinen anziehenden Charme von seinem wahren Charakter ablenken lassen. »Wenn ich geahnt hätte, dass nur gekommen bist, um mich anzubrüllen, hätte ich dich nicht hereingelassen«, hielt sie entgegen.

»Du hast mir gesagt, ich solle für ein paar Tage zu einem Freund ziehen, damit du in Ruhe über alles nachdenken kannst. Stattdessen hast du die Zeit genutzt, um die Scheidung einzureichen!« Lukas' Stimme überschlug sich fast, so beherrscht sprach er in seinem Entsetzen.

»Lies dir doch bitte erst den Brief durch, bevor du wieder einmal solche Lügen verbreitest.«

»Was bitte soll denn dann dieses Schreiben?« Lukas' Stimme quiekte jetzt förmlich.

»Mein Rechtsanwalt teilte mir mit, dass wir erst das Trennungsjahr einhalten müssen, bevor ich die Scheidung einreichen kann. Daher hat er dich in meinem Namen aufgefordert, umgehend und endgültig aus meiner Villa auszuziehen.«

»Wieso muss es über einen Rechtsanwalt geregelt werden? Konntest du mir das nicht persönlich sagen?«

Claudia stöhnte entnervt auf. »Es musste dir mit Nachdruck klar gemacht werden, dass ich mich tatsächlich trennen möchte. Wir beide wissen doch, dass du andernfalls weder hier ausgezogen wärst, noch meinen Trennungswunsch ernst genommen hättest.«

Lukas schluckte. »Du kannst mich nicht verlassen. Das schaffst du nicht, Claudia. Ich kenne dich. Es ist nur schade, dass du das wenige Geld, das uns momentan noch zur Verfügung steht, unsinnigerweise an den Rechtsanwalt vergeudet hast.« Lukas' Stimme hatte sich plötzlich beruhigt und klang gewohnt siegessicher arrogant.

»Lukas, die Trennung fällt mir nicht leicht. Aber nachdem, was ich in den letzten Wochen von dir erfahren habe, gibt es keine Basis mehr für unsere Ehe.« Claudia hatte Tränen in den Augen. Es schmerzte, wenn sie daran dachte, wir sehr Lukas sie belogen und betrogen hatte. Es schmerzte aber auch, dass sie seine Nähe nach sieben Jahre Ehe nicht mehr ertragen konnte.

Lukas drehte sich jetzt um und kam auf Claudia zu. Er nahm ihren Kopf sanft in seine Hände und drehte ihn ein wenig nach oben, sodass er in ihre Augen schauen konnte. »Die Basis kann doch erst einmal weiter unsere heiße Liebe im Bett sein. Das hat dir doch noch vor ein paar Wochen extrem gut gefallen, wenn ich mich recht erinnere.«

Claudia stöhnte leicht auf und ging einen Schritt zurück, damit er ihren Kopf loslassen musste. Es stimmte, dass Lukas' Arroganz und sein leidenschaftlich-unüberlegtes Verhalten ihr Verlangen in der Vergangenheit ständig auflodern ließen. Er wirkte wie ein naiver Abenteurer, da er sich nicht von Vernunft und Vorsicht einengen lassen wollte. Zudem achtete Lukas sehr auf sein Äußeres, was das weibliche Geschlecht viel zu oft mit eindeutigen Angeboten honorierte. Selbst jetzt, da er zu einem verschuldeten Unternehmer in der Insolvenz geworden war, hatte er seinen Charme nicht verloren. Leider jedoch hatte Lukas Oberflächlichkeit zur Folge, dass er sich mit Lügen und Untreue versuchte, sich das Leben zu verschönen und zu erleichtern.

Claudia schluckte daher und fuhr dann fort: »Vor ein paar Wochen wusste ich allerdings auch noch nicht, dass du mit deinen Geschäftsfreunden regelmäßig zu Prostituierten gegangen bist, um ihnen und dir einen besonderen Abend zu bieten.« Angeekelt schaute Claudia jetzt auf Lukas' Hände und wischte unwillkürlich über ihre linke Wange, an der er sie gerade noch berührt hatte.

»Das habe ich doch nur für neue Aufträge getan, um mit ihnen mein Elektrogeschäft zu erhalten und dein Geld zu schützen.« Lukas verstand nicht, warum Claudia diese Begründung einfach nicht akzeptieren wollte. Er war nicht bereit, sie mit ihrem Geld und ihrer Villa aufzugeben.

»Offensichtlich haben deine Geschäftspartner, die Einladung auf deine - oder sollte ich besser sagen: auf unsere -

Kosten genossen und die wirklich großen Aufträge dann einer anderen Elektrofirma gegeben.« Claudia ging noch einen weiteren Schritt zurück. Wie häufig hatten sie in den letzten Wochen solche Gespräche geführt. Es brachte nichts mehr.

In zwei Stunden würde ihr Taxi kommen und sie zum Flughafen bringen. Während ihres zweiwöchigen Irlandurlaubs in einem Ferienhaus hoffte Claudia endlich zur Ruhe kommen zu können. Zudem musste sie ihren Roman endlich beenden. Es war ihr fünftes Buch, den sie bei einem bekannten Verlag veröffentlichen konnte. Die anderen vier Romane hatten dank der umfangreichen Werbemaßnahmen des Verlages ihren Lebensunterhalt mehr als sichern können. So hatte Claudia jeden Cent, den sie von ihren Tantiemen entbehren konnte in das Geschäft von Lukas gesteckt. Der Vertrag für diesen fünften Roman war bereits von ihr und dem Verlag unterschrieben und Claudia lebte bereits von dem Vorschuss, auch wenn sie den ursprünglich vereinbarten Abgabetermin schon überschritten hatte. Nun hatte der Verlag ihr noch weitere vierzehn Tage bis zur Abgabe des Manuskriptes eingeräumt und sie wollte diese Zeit sinnvoll nutzen. Gerade jetzt brauchte sie Zerstreuung, ein eigenes Ziel und vor allem auch da Geld, das ihr eine neue Buchveröffentlichung mit den folgenden Veranstaltungen bringen würde.

KAPITEL 2

Doch Lukas war keineswegs bereit, auf Claudias sicheres Einkommen und das bequeme Wohnen in ihrer großen Villa zu verzichten. Frauen gab es genug, die ihn sofort aufgenommen hätten, aber keine von ihnen wäre bereit, langfristig für ihn arbeiten. Zudem hatte keine seiner Verehrerinnen ein auch nur ein annähend so großes Haus vorzuweisen, in dem er luxuriös leben und mit er seine Freunde beeindrucken könnte. Lukas wusste sehr wohl, was er an der fleißigen, ehrlichen und der gebefreudigen Frau verlieren würde.

Lukas musste um Claudia kämpfen, das war im klar. Daher ging er unerwartet auf sie zu und nahm sie in den Arm. »Ich liebe dich doch so sehr, Claudia. Ich will dich - jetzt!«

»So, wie du die Prostituierten auch gewollt hast? Mir hast du teure Bewirtungsbelege in die Buchhaltung gebracht und den Rest der Etablissementrechnungen von unserem Ersparten bezahlt. Ich war dumm genug, dir Zugriff zu allen meinen Konten zu gewähren und zudem noch für deinen Elektroladen zu bürgen. Nun ist mein und dein Geld sowie das an mich vererbte Vermögen meiner

Großmutter weg. Mit meinem Geld wurden deine Geschäftspartner, die sündhaft teuren Etablissements, dein teurer Firmenwagen und deine Unfähigkeit, ein Geschäft zu führen, unterstützt.« Claudia riss sich wütend aus Lukas' Umarmung.

»Ich habe dich doch nie gezwungen, dein Geld einzusetzen.« Lukas' Augen glitzerten verdächtig. Er schien gedanklich nicht mehr dem Gespräch zu folgen, sondern dachte offensichtlich nur noch an seine Bedürfnisse im Bett. Seine Unersättlichkeit, seine Forderungen, seine Unnachgiebigkeit, seine Anerkennung an sie als begehrenswerte Frau und nicht zuletzt seine Dominanz hatten sie von ihm abhängig gemacht. Sie hatte ihm vertraut. Wie so viele andere Frauen ihren verlogenen Ehemännern blind vertrauten, über deren naiver Gutgläubigkeit sie früher nur verständnislos den Kopf geschüttelt hatte, war auch sie von Lukas' Aufrichtigkeit überzeugt gewesen.

Sie hatte für sein Elektrogeschäft gebürgt, als ein Lieferant bereits vor einem Jahr die Insolvenz von Lukas' Laden gemeldet hatte. Zudem hatte sie seit Jahren die Buchhaltung für sein Geschäft erledigt, ohne offiziell dort angestellt gewesen zu sein oder dafür ein Entgelt zu erhalten. Claudia hatte sich daher als eine bis dahin offizielle arbeitslose Haus- und Ehefrau einen eigenen Verdienst aufgebaut. Ihre vier bis zu diesem Zeitpunkt in einem bekannten Verlag veröffentlichten Liebesromane verkauften sich sehr gut. Dieser Verdienst bot ihnen die letzten Monate genügend Geld zum Überleben. Als Buchhalterin oder Sachbearbeiterin konnte Claudia nach dieser langen offiziellen Arbeitslosigkeit nun mit keinem Jobangebot mehr rechnen.

Inzwischen wusste Claudia, dass Lukas ein verspielter, unreifer Junge war, der nur im Vordergrund sah, seiner Natur zu folgen: Frauen zu besitzen, anzugeben und sich mit ihrem Erbe, einer großen Villa im Nobelviertel der Stadt zu rühmen. Es hatte lange und eines schmerzhaften Weges bedurft, bis Claudia zu dieser Erkenntnis gekommen war.

Lukas ging erneut auf sie zu und umarmte sie. Claudia fühlte sich wie ein aufgebrachtes Tier, mit dem man immer wieder beruhigend spricht, bis es sich sichtbar entspannen würde. »Wirf doch unsere Ehe und die gemeinsamen

Jahre nicht einfach weg, Claudia«, säuselte Lukas ihr ins Ohr. »Du fährst jetzt erst einmal in Urlaub und erholst dich. Inzwischen suche ich mir eine Stelle als Elektroniker. Jeder von uns bekommt ein wenig mehr Abstand und kann dann mit einem klaren Kopf überlegen, was er wirklich will. Ich verstehe, dass du enttäuscht und wütend bist, aber du solltest deine Entscheidung von diesen vorübergehenden Gefühlen nicht bestimmen lassen. Du wirst sehen: Wenn sich unsere Gemüter beruhigt haben, wird alles gut.« Lukas' Stimme klang jetzt flehend. Er konnte nicht zulassen, dass Claudia ihn verließ. Durch sie wurde er nicht zum bittstellenden Arbeitslosen, denn die große Villa und ihre Einkünfte als Autorin würden ihm ein weiteres angenehmes Leben bieten können. Claudia war keine Frau, die sich hängen ließ und sie war kreativ. Davon konnte er nur profitieren und sich weiterhin ein sorgenloses Leben gönnen.

Lukas musste sie mit dem Ködern, was sie immer am engsten an ihn gebunden hat: seine Leidenschaft und Anerkennung für sie als Frau.

Zielstrebig griff er unter Claudias Pulli und öffnete ihren Büstenhalter.

»Nein, Lukas, bitte nicht!«, wehrte sich Claudia jedoch und trat wieder einen Schritt zurück. »Es waren zu viele Lügen, Betrügereien, Geheimnisse und die Untreue. Ich möchte, dass du hier ausgezogen bist, wenn ich in zwei Wochen zurückkomme. Ich möchte die Scheidung nach dem Trennungsjahr, das bereits begonnen hat. Ich habe mich lang genug von dir manipulieren lassen.«

»Was verlierst du, wenn du es einfach noch einmal mit mir versuchst? Ich habe Fehler gemacht und unsere Ehe gefährdet. Ich werde ab jetzt alles besser machen. Ich will dich nicht verlieren«, kämpfte Lukas jetzt mit einer anderen Strategie um sie und vor allem das gute Leben, was sie ihm bieten könnte.

Claudia stockte kurz. Das Betteln ihres sonst so arroganten Ehemannes war ungewohnt für sie und löste Mitleid in ihr aus. Aber sie wollte nicht die Fehler anderer Frauen wiederholen. »Nein, Lukas. Es tut mir ehrlich leid, aber unsere Ehe ist zu sehr strapaziert worden.« Claudia ließ ihn stehen und ging in ihr Schlafzimmer, um noch das

Toilettentäschchen und die restlichen Kleidungsstücke in ihrem Koffer zu verstauen. Der Taxifahrer würde jede Minute vor der Tür stehen und anschellen. Zudem wollte sie ihr jetziges Leben so schnell wie möglich entfliehen. Sie wünschte sich mehr denn je Ruhe, Abstand und endlich mal wieder einen klaren Kopf. Sie hatte den Kummer und die Verletzungen satt. Claudia wollte einfach nur neu beginnen.

KAPITEL 3

Als gerade ihren Koffer geschlossen hat, läutete die Türklingel. Claudia nahm ihre Jacke vom Bett, ihre Handtasche sowie den Koffer und hastete die Treppen herunter. Sie schaute sich kurz um und bemerkte voller Erleichterung, dass Lukas offensichtlich nicht mehr im Haus war.

Jedoch ein gelber Zettel lag auf der hellen Dielenkommode, auf den er zuvor noch den Rechtsanwaltsbrief geworfen hatte.

»Ich liebe dich, Claudia. Weißt du noch, was wir uns versprochen haben: »in guten und in schlechten Zeiten«. Wir schaffen es zusammen. Von mir aus räche dich. Genieße die Nacht mit jemand anderem, aber bitte gib unsere Ehe bitte nicht auf.«

Claudia nahm den Zettel und warf ihn genervt in den Mülleimer in der Küche, bevor sie die Haustür öffnete, vor der der geduldige Taxifahrer noch wartete.

Als Lukas diese Nachricht geschrieben hatte, breitete sich ein zufriedenes Lächeln in seinem Gesicht aus. Mit dieser Botschaft spielte er alle

Trümpfe aus, die Claudia umstimmen konnten. Er wusste, dass Claudia großen Wert auf das Eheversprechen gelegt hatte. Mit dieser Notiz hatte er sie an ihr Versprechen erinnert und vor Augen geführt, dass sie es mit ihrem Trennungswunsch gebrochen hatte.

Das verständnisvolle reumütige Zugeständnis, dass auch sie jetzt fremd gehen dürfe, konnte er ihr bedenkenlos unterbreiten. Claudia würde ihn in einer bestehenden Ehe niemals betrügen und falls doch, könnte sie den Seitensprung mit keinem anderen Mann wirklich genießen.

Lukas hatte den Zettel auf die Dielenkommode gelegt, die Villa verlassen und die Tür leise hinter sich geschlossen. Er war sich absolut sicher, dass er Claudia schon bald wiedersehen würde. Dann wäre sie wieder seine liebe, fürsorgliche Ehefrau.

KAPITEL 4

Claudia war nach einer ihr endlos erscheinenden Flug- und Busreise in Irland angekommen.

Schon von Weitem erblickte Claudia die alten, niedrigen Gebäude. Ihre Augen erfreuten sich an diesen von der Geschichte des Landes geprägten Häusern, die ihr helfen sollten, die Erfahrungen des letzten Jahres zu verarbeiten und sich wieder ihrer Zukunft zuzuwenden.

Endlich war sie hier am Ort ihrer Ruhe und Besinnung. Sie war sich sicher, dass sie hier, weit weg von den dauernden Problemen mit ihrem Noch-Ehemann Lukas und all den schmerzhaften Erinnerungen, ihren Roman zu Ende schreiben können würde.

Ihr Verlag hatte sie bereits mehrfach angemahnt, denn die Werbung für den Liebesroman, an dem Claudia schrieb, lief bereits auf Hochtouren. Leider hatte ihr in den letzten Wochen jedoch die Ruhe und die entsprechende Stimmung für solch eine romantische Herzensgeschichte gefehlt. Das romantische Schreiben würde ihr auch hier nicht so einfach von der Hand gehen. Dennoch wäre es in dem anderen Land Irland mit dem großen Abstand zu Lukas und seine Lügen wesentlich leichter, eine prickelnde Szene zu verfassen.

In dieser atemberaubenden Schönheit Irlands würde Claudia nicht nur ihren Roman, sondern auch ihr Leben mit Lukas endgültig abschließen können.

Der Reisebus näherte sich langsam den hellen Steinhäusern mit dem traditionellen Reetdach. Nachdem er die Nationalstraße von Galway kurz vor Clifden verlassen hatte, fuhr er nur noch vorsichtig die holprige Landstraße zu der Ferienhaussiedlung weiter.

Claudia streckte sich in den irischen Reisebussitzen. Sie war vor einigen Stunden am Flughafen in Galway gelandet. Der Rücken schmerzte. Dies konnte aber auch von den anstrengenden letzten vielen Wochen herrühren, in denen sie um die Rettung ihrer Ehe und des Elektroladens gekämpft hatte. Nun war es vorbei und in zwei Wochen würde er aus ihrer Prachtvilla, die sie von ihren

Großeltern geerbt hatte, ausgezogen sein. Wenn Claudia von ihrem Irlandurlaub zurückkehrte, war er nicht mehr bei ihr. Es beruhigte sie im gleichen Maße, wie es sie traurig machte. Aber Claudia wusste, dass dies die richtige Entscheidung gewesen war.

Wenn das Geld zum Erhalt dieses Villa mit dem noch großen Gartengrundstück nicht reichen würde, könnte sie sich nach Mietern für den ersten Stock umsehen. Aber noch war es nicht so weit und jetzt standen der fertig zu stellende' Roman und ihre Erholung im Vordergrund.

»Meine Damen und Herren, wir sind da. Vor Ihnen sehen Sie ihre Unterkunft für die nächsten zwei Wochen«, riss sie der Deutsch sprechende, irische Reiseleiter aus ihren Gedanken. Claudia hatte die Pauschalreise bereits in Deutschland gebucht, um sich sorgenfrei um sich, ihren halb fertigen Roman und ihr eigenes Seelenleben kümmern zu können.

»Wie Sie während der Fahrt auf der Nationalstraße gesehen haben, befinden sich nördlich dieser ausgebauten Straße die

Gebirgsketten von Connemara. Ihre Ferienhäuser liegen südlich von Clifden im Heide- und Moorgebiet. Sie können von hier aus verschiedenste Unternehmungen buchen, wie beispielsweise ein Besuch der nahegelegenen Stadt Clifden mit deutschsprachiger Führung, die Besichtigung der Atlantikküste, die Fahrt zum Connemara-Nationalpark oder auch die Fahrt zur Insel Inishbofin. Sie werden mit einem Kleinbus zu einem Treffpunkt gefahren. Dienstags und samstags finden in dem Restaurant dieser Ferienhausanlage Aufführungen statt. Nähere Informationen erhalten Sie an der Rezeption, ebenso wie eine Telefonnummer, die Sie für weitere Fragen nutzen können.«

Claudia hörte nur mit einem halben Ohr zu. Sie wünschte sich nichts anderes als Ruhe und Zeit für ihr Manuskript, von dem sie in den letzten Wochen so viel Abstand bekommen hatte, dass sie sich kaum noch an Details erinnern konnte. Claudia wollte in ihrem Ferienhaus und auf dessen Veranda sitzen und sich mit dem Ausblick auf
diese wundervolle Moorlandschaft, irischer Musik über MP3-Player und einer Flasche Guinness inspirieren lassen. Sie hatte sich noch

nicht einmal für die elf weiteren Mitreisenden interessiert. Es war ihr momentan egal, ob Pärchen diesen Irlandurlaub in der schönen Natur für eine romantische Liebesreise nutzten oder Golfer die typisch irischen Golfplätze erkunden wollten. Claudia hatte ihre eigenen Ziele und dazu gehörten vor allem Ruhe und Besinnung.

Claudia ahnte nicht, dass ihr Leben auch hier anders verlaufen würde, als sie es sich gewünscht hatte.

KAPITEL 5

Nachdem Claudia und den anderen Urlaubsgästen die Schlüssel übergeben worden waren, erhielt jeder noch einen Plan über die Ferienhausanlage, auf dem zudem auf die angebotenen Ausflüge und Veranstaltungen hinwiesen wurde.

Völlig überwältigt von dem Eindruck der landschaftlichen Schönheit und der Ruhe, die diese Insel ausstrahlte, ließ sich Claudia in einen ihren hochlehnigen Sessel in dem ihr zugewiesenen Urlaubsferienhaus fallen. Die Federn ächzten. Der altertümliche Sessel in einem verblichenen Grün schien schon viele Jahre und noch mehr Gäste hinter sich gebracht zu haben. Die Armlehnen wiesen deutliche Abnutzungsstellen auf. Obwohl Claudia weniger wog, als vermutlich die meisten der vorherigen Gäste, hielten die Federn ihr Gewicht nicht lange stand, sondern gaben nach ein paar Sekunden nach und klappten in sich zusammen. Claudia spürte, wie ihr Hintern ohne weiteren Widerstand auf das alte Holz des Sessels aufsetze.

Aber es störte sie nicht. Diese einfache Umgebung gehörte zu diesem Urlaub und würde ihr hoffentlich eine andere Sichtweise auf ihr Leben und ihren Roman eröffnen. Claudia schaute durch das kleine Fenster heraus. Dieses ruhige, alte Ferienhaus würde nun für zwei Wochen ihr Ruhepol sein.

Einige Minuten verharrte Claudia in dieser Lage und gab ihrer Erleichterung Zeit, sich in ihrem Inneren zu entfalten.

Als sie jedoch spürte, dass plötzlich ein nagender Hunger in ihr zum Leben erwachte, richtete sie ihre Gedanken wieder in die Gegenwart.

Sie hatte Hunger? Das war ein ungewohntes Gefühl für sie. In den letzten Monaten des Streites, der halbherzigen Versöhnung, der Enttäuschungen und der Trennung von Lukas hatte Claudia oft keinen einzigen Bissen herunterbekommen. Nun verlangten ihre Seele und ihr Körper plötzlich nach Nahrung. Hier schienen sie die Ruhe zu finden, wieder auftanken zu können.

Claudia stand auf und nahm das Blatt mit den Informationen vom Tisch. Ob diese Ferienanlage auch schon am Montag um 4:30 am Nachmittag die Möglichkeit bäte, etwas Essbares zu erwerben?

Mit großer Freude entdeckte Claudia, dass es hier einen imbissähnlichen Pub gab, der nachmittags und ab fünf Uhr geöffnet war.

Langsam stand Claudia auf und ging zum Koffer, um ihre Toilettentasche mit in das Bad zu nehmen.

Völlig unüberlegt hatte Claudia zuhause ihre Toilettentasche direkt am Boden des Koffers verstaut. Sie war davon ausgegangen, in Irland sofort ihre leicht knitterbaren Oberteile auszupacken, wie sie es sonst immer im Urlaub getan hatte. Aber hier tickten die Uhren anders. Es war, als hätte Claudia in dieser irischen Luft auch die gemütliche irische Mentalität eingeatmet. Einen Monat sog sie noch einmal die sorglose Frische dieses Landes auf sich wirken, ehe sie sich ihrem Koffer zuwandte.

Claudia kramte mühsam ihre Toilettentasche heraus und kümmerte sich nicht um ihre Kleidung, die in Kürze nur noch mit Knitterfalten angezogen werden könnten. Claudia ging betont langsam in das Bad. Sie genoss es, hier nicht unter Druck und Eile zu stehen. Die Zeit der Erholung hatte offensichtlich jetzt begonnen.

Claudia wusch ihr Gesicht, kämmte die Haare und legte neues Deo auf. Der Deodorantstift mit dem Zitronenduft breitete in diesem kleinen Zimmer deutlich aus. Sie fand, dass der etwas zu säuerliche Geruch nicht hierher in das unberührt wirkende Stückchen Irland passte. Claudia wünschte sich, sie hätte ein Deo mit Meeresbrisenduft mitgenommen. Vielleicht könnte sie es noch in der nahegelegenen Stadt Clifden kaufen. Dann wäre ihr Urlaub noch perfekter.

Claudias Magen grummelte unwillig vor sich hin, als hätte sie bereits zu viel von dieser frischen Luft im Bauch. Ohne sich um den Koffer und seinen durchwühlten Inhalt zu kümmern, verließ sie ihr kleines Ferienhaus.

KAPITEL 6

Als Claudia kurze Zeit später erfrischt und mit knurrendem Magen langsam die schwere, hölzerne Pubtür in der Ferienanlage öffnete, hörte sie bereits mehrere Stimmen. Neugierig schaute sie sich in dem spärlich beleuchteten Raum um, ehe sie sich für einen Sitzplatz entscheiden wollte. Sechs kleine, viereckige Dunkelholztische wurden jeweils von einfachen Holzstühlen umringt. Vier Tische waren bereits besetzt. Claudia ließ ihren Blick über die Tische wandern, um herauszufinden, welches Essensangebot ihr am Verlockendsten erschien. Bei einem Teller mit Pommes frites und einem nur noch halben Steak blieb ihr Interesse hängen. Obwohl die Tische durch die dunklen Hängelampen darüber nur unzureichend beleuchtet wurden, war der Inhalt des Tellers deutlich zu erkennen. Claudias Magen knurrte laut auf.

So, als müsse sie ein unruhiges Kind beruhigen, legte Claudia ihre rechte Hand auf die Bauchgegend und steuerte einen leeren Tisch in einer Ecke an, der etwas abseitsstand. Sie wollte Ruhe, deswegen war sie hier. Kaum hatte Claudia sich gesetzt, stand auch schon ein Kellner bei ihr und fragte auf Englisch mit irischem Akzent nach ihren Wünschen.

»Ein Steak, Pommes frites und einen Kaffee mit Milch«, bestellte Claudia leicht holpernd. Sie hatte länger kein Englisch mehr gesprochen und ihre Zunge weigerte sich noch, diese ungewohnten Wörter zu bilden.

Der Kellner nickte freundlich und antwortete auf Deutsch mit: »Vielen Dank, junge Dame!« Auch seine Zunge schien die Fremdsprache nicht unterstützen zu wollen. Claudia grinste.

Während sie ruhig auf ihr Essen warten musste, entdeckte Claudia auch eine hölzerne Erhöhung auf dem sonst steinernen Fußboden am anderen Ende des Raumes. Das musste die Bühne für die Aufführungen am Dienstag und Samstag sein. Da diese Bühne so klein war und sich kaum vom restlichen Raum unterschied, war Claudia ein wenig enttäuscht. Offensichtlich verstand diese Ferienanlage etwas anderes unter einer Show, als es in anderen Ländern üblich war.

Schon ein paar Minuten später kam der Kellner mit den bestellten Speisen und dem Kaffee zurück. Das Steak war für deutsche

Verhältnisse extrem groß und dampfte verlockend. »Danke, das sieht köstlich aus!«, freute sich Claudia.

Während sie sich in Gedanken mit ihrem halb fertigen Roman beschäftigte, ging die schwere Holztür des Pubs auf. Ein Mann im ähnlichen Alter wie Claudia es war betrat den Raum. Auch er sah sich erst einmal mit neugierig um, um mit Bedacht seinen Sitzplatz auszusuchen, an dem er die erste irische Mahlzeit einnehmen würde.

KAPITEL 7

Abrupt hörte Claudia auf, ihr halbrohes Steak zu kauen. Dieser Mann faszinierte sie auf eine ganz besondere Art. Aber auch der schweifende Blick dieses Mannes blieb bei Claudia hängen. Er stockte kurz und ging dann energischen Schrittes zielsicher auf ihren Tisch zu und fragte sie: »Darf ich mich zu Ihnen setzen?«

Obwohl sich Claudia in diesem Urlaub nichts anderes als Ruhe und Einsamkeit gewünscht hatte, nickte sie. Sie freute sich sogar auf ein Gespräch mit diesem bemerkenswerten Mann.

»Ich bin Patrick Roland«, stellte er sich vor, nachdem er an dem kleinen viereckigen Tisch gegenüber von Claudia Platz genommen hatte.

»Nett, dass Sie sich zu mir setzen wollen. Ich bin Claudia Fresik«, reagierte sie freundlich. Aufgeregt ging sie sich mit der rechten Hand durch ihre frisch gekämmten halblangen Haare.

»Die Freude ist ganz auf meiner Seite«, antwortete Patrick Roland galant. »Sie sind mir schon im Flugzeug aufgefallen. Sie saßen direkt in der Reihe vor mir. Mein Sitzplatz im Bus war in derselben Reihe wie Ihrer - nur ganz links am Fenster. Sie saßen am rechten Fenster und konnten ihren Blick offensichtlich nicht von dieser einmaligen irischen Landschaft lösen.« Patrick zwinkerte Claudia zu. Ihr fiel jedoch keine passende Erwiderung ein. Claudia nickte daher nur freundlich.

Patrick kratzte sich daraufhin an der Stirn. »Sagen Sie es mir ruhig, wenn ich Sie bedrängen sollte. Ich habe mich nur darüber gefreut, mich mit einer so außergewöhnlichen Frau wie Sie unterhalten zu können. Zudem haben wir schon etwas gemeinsam. Wir teilen beide die Begeisterung für dieses schöne Land.«

Claudia lächelte nun. »Ich bin momentan ein wenig in Gedanken, entschuldigen Sie. Ich freue mich, dass Sie mir beim Essen Gesellschaft leisten wollen.« Claudia war es peinlich, dass sie sich an keinen der Mitreisenden erinnern konnte. Dennoch starrte sie diesen Mann noch immer an. Seine blauen Augen waren dunkler als die von Lukas. Alles an ihm strahlte Vertrauen, Geborgenheit und Wärme aus. Zudem konnte man ihn durchaus als sehr attraktiv bezeichnen. Es war die Kombination von seiner natürlichen Männlichkeit gepaart mit einem interessierten Verstand, die alles überstrahlte. Seine kurzen, mittelbraunen Haare wellten sich an den Enden ein wenig, waren aber dennoch gewillt, nicht zu sehr aus der Reihe zu tanzen. Patrick trug eine dunkelblaue Jeans, darüber ein bordeauxrotes Hemd und eine schwarze Lederjacke. Claudia schätzte ihn ungefähr zwei Köpfe größer als sie ein und seine eindrucksvolle Männlichkeit wurde noch durch eine breite Schulterpartie verstärkt. Patrick machte nicht den Eindruck eines täglich im Fitness-Studio trainierenden Muskelprotzes, schien aber gut anpacken zu können, wenn es drauf ankam.

»Es macht Ihnen doch nichts aus, wenn ich weiter mein Steak esse, während Sie noch hungrig auf Ihr Essen warten müssen?«, fragte Claudia verschmitzt.

»Nein, nein, überhaupt nicht. Genießen Sie Steak und Ihre Pommes frites ruhig. Inzwischen überlege ich, was ich mir bestelle«, Patrick kratzte sich wieder an der Stirn.

KAPITEL 8

Während Claudia langsam ihr Steak aß, entstand eine Sprechpause. Nach ein paar Bissen war sie jedoch bereits satt und legte das Besteck zur Seite. Die Probleme in den letzten Wochen drückten noch immer ihren Appetit. Sie war erschöpft. Wenn Claudia allerdings im Augenwinkel Patrick sah, schien sie wieder Kraft zu tanken. Dieser Mann tat ihr gut, auch wenn sie noch nicht geschieden war und sich erst in den letzten Tagen von ihrem Mann getrennt hatte. Claudia musste grinsen, wenn sie an Lukas' Angebot dachte, sie solle eine schöne Nacht mit einem anderen Mann genießen. Hier saß ein Mann, für den sie zum ersten Mal seit ihrer Heirat romantische Gefühle entwickelt hatte.

Claudia schüttelte jedoch energisch ihren Kopf. Sie starrte diesen Mann verliebt an, während er sie gerade mal gefragt hat, ob er an ihrem Tisch sitzen dürfte. In Gedanken fuhr sie ihm schon zärtlich über die nackte Brust, während er ihr von seiner Liebe zum Land Irland erzählte. Vermutlich hatte sie ihre unrealistischen romantischen Gefühle den Verwirrungen der letzten Wochen und ihren

Versuchen zu verdanken, sich auf das Weiterschreiben ihres Liebesromans einzustimmen. Patrick war nur eine nette Urlaubsbekanntschaft, mehr nicht.

»Sie träumen bestimmt von ihrem Freund?«, fragte sie Patrick halb scherzend, halb forschend aus, als Claudia nach ein paar Minuten noch immer nichts gesagt hatte.

Sie lachte auf. »Sie sind ganz schön neugierig. Nein, ich habe eher Albträume von meinem Ex-Ehemann.«

»Sie sind also geschieden?«

»Noch nicht. Diese Reise soll mir ein wenig Abstand und Klarheit verschaffen.«

»Wenn Sie lieber Ruhe hätten, kann ich auch...«, begann Patrick und stand sofort auf.

»Nein,«, beeilte sich Claudia zu sagen. »Bitte bleiben Sie doch hier sitzen. Es würde mich freuen, wenn Sie sich noch eine Weile mit mir unterhielten.« Claudia wollte auf keinen Fall, dass Patrick jetzt ging.

»Gut, dann sollten wir uns aber auch duzen, wie sich das für nette Reisebekanntschaften gehört.« Patrick hatte sich wieder hingesetzt und hielt Claudia nun seine rechte Hand hin, mit der er den Übergang auf die vertrauliche Anrede besiegeln wollte.

»Gut, Patrick.« Claudia schlug lächelnd ein. Als sich ihre und seine Hand berührten, durchzog sie ein leidenschaftliches Kribbeln.

»Du willst also hier Abstand und Klarheit bekommen?«, hakte Patrick wieder nach.

»Ja und ich muss endlich mein Manuskript fertig stellen.«

»Du bist Autorin?« Patrick beugte sich interessiert nach vorne

Patricks Augen schillerten jetzt in verschiedenen Blautönen. Sie glänzten trotz der spärlichen Beleuchtung im kleinen Pub. Hinzu kamen eine unerschütterliche Entschlossenheit sowie Tatkraft. Patrick weckte ihre Faszination immer mehr.

»Ich konnte bereits vier Bücher veröffentlichen. Leider habe ich es in Deutschland nicht geschafft, meinen Roman pünktlich abzugeben. Der Verlag bewilligte mir daher noch zwei Wochen Aufschub. Nun will ich die zwei Wochen dieser Reise nutzen, um hier mein Werk zu beenden.« Bei Patrick fiel es ihr leicht, über sich zu reden. Seine Mimik und seine Augenbewegungen schienen sein Interesse nicht nur vorzuspielen.

»Dann muss dein Manuskript etwas ganz Besonderes sein, Claudia. Bei den vielen manchmal durchaus begabten Autoren heutzutage ist es schon erforderlich, mehr als nur aus der Masse herauszuragen, um sogar einen Vorabvertrag zu erhalten. Ich gratuliere! Schreibst du einen Reisebericht?«

»Nein, Patrick. Es ist ein Liebesroman und...« Nun stockte Claudia. Sollte sie diesem noch fremden Mann wirklich Details aus ihrem Eheleben verraten? »Nachdem meine Ehe nun gescheitert ist, fehlt mir die Stimmung, um das Kribbeln in einer romantischen Szene eines Liebespaares zu schildern.« Nachdem Claudia so offen über ihre Eheprobleme gesprochen hatte, hätte sie das Gesagte am liebsten gleich wieder zurückgenommen.

Nicht nur, dass es für einen im Grunde wildfremden Mann eine viel zu persönliche Auskunft war, sondern Claudia spürte zudem, dass sich etwas in ihr verändert hatte, seit Patrick an ihrem Tisch saß. In ihrer Bauchgegend kribbelte es heftig, wenn sie ihn ansah. Claudia fühlte sich in einer leichten Hochstimmung und sehnte sich danach, jetzt ihren Liebesroman weiterzuschreiben. Sie hatte noch nicht einmal die Scheidung einreichen können, während sie sich offensichtlich bereits neu verliebt hatte.

»Nun ja, in der natürlichen Schönheit Irlands kann so einiges passieren«, lachte Patrick auf. Auch er konnte seinen Blick nicht von Claudia wenden. Sie wirkte so erfrischend natürlich mit ihren dunkelblonden, halblangen Haaren, die sie offen trug. Claudia war kaum geschminkt und ihre grünen Augen strahlten so viel Traurigkeit aus. Sie hatte eine zierliche Figur, die durch die Belastungen in den letzten Monaten noch schmaler geworden war. In Patrick war der Beschützerinstinkt geweckt. Er wollte ihr helfen, sich seelisch und körperlich zu stärken und glücklich zu werden. Diese Frau hatte offensichtlich sehr viele Enttäuschungen durchlebt. Claudia schien sich nicht mit Oberflächlichkeiten abzugeben, sondern Wert auf Menschlichkeit und Aufrichtigkeit zu legen. Das wäre genau die Frau, die zu seiner Lebensplanung und seinem Herzen passen würde.

KAPITEL 9

»Du scheinst schon Erfahrungen mit Abenteuern in Irland zu haben?«, neckte Claudia ihn.

Aber bevor Patrick antworten konnte, kam der Kellner und fragte Patrick, was er ihm bringen könnte. Voller Bewunderung verfolgte Claudia, wie Patrick sich locker und ohne ein Holpern mit dem Kellner erst in Englisch und dann in der traditionellen Landessprache Gälisch unterhielt. Als der Kellner mit seiner Bestellung den Tisch verlassen hatte, konnte Claudia ihre Neugier nicht mehr zurückhalten »Woher kannst du so gut Englisch und sogar Gälisch. Hast du irische Vorfahren?«

»Die hätte ich gerne«, antwortete Patrick lachend, »aber beide Eltern waren Deutsche. Vielleicht werden meine Kinder mal stolz sein, wenn sie hier in Irland auf die deutsche Herkunft verweisen können.«

»Du hast Kinder?«, fragte Claudia erschrocken. Sie war gerade im Begriff gewesen, sich in einen Mann mit kleinen Kindern zu verlieben. Das war ein absolutes Tabu für Claudia. Niemals würde sie Kindern ihren Vater nehmen wollen.

»Nein, noch nicht. Aber ich werde mich hier in Irland niederlassen, erst als Selbstversorger überleben und dann eine Ferienanlage mit Reiterhof eröffnen, viele Kinder bekommen und glücklich werden.« So locker, wie Patrick es erzählt hatte, war sich Claudia nicht sicher, ob dies ein Witz oder war oder tatsächlich seinen Plänen entsprach. Dennoch war sie sehr erleichtert zu hören, dass er weder eine Frau noch Kinder hatte.

»Da fehlt allerdings noch etwas«, merkte Claudia daher an.

Patrick lehnte sich lächelnd zurück. »Derjenigen, die noch fehlt, habe ich gerade meine Pläne mitgeteilt und erwarte nur noch ein »Ja, ich will«.«

Claudia erschrak. In welches eigenartige Spiel wollte er sie gerade hereinziehen? Forschend sah sie Patrick an und hoffte ein neckendes Lächeln in seinen Augen oder Mundwinkeln zu entdecken. Stattdessen starrten sie diese dunkelblauen Augen noch immer fragend an.

Plötzlich lachte Claudia auf. »Patrick, beinahe wäre ich darauf reingefallen. Aber ich danke dir, dass du mich in die richtige Stimmung für meinen Liebesroman bringen willst. Am besten ich nehme mein inzwischen kalt gewordenes Reststück Steak mit und setze mich schleunigst an mein Manuskript.«

»Natürlich kannst du deine Bücher später auch auf meiner Farm schreiben. Für eine Internetverbindung werde ich selbstverständlich sorgen und dem Verlag ist es egal, von welchem Fleckchen der Erde er dein Manuskript bekommt.«

»Ok, ok, es reicht. Ich bin jetzt wirklich in richtiger Irlandliebesstimmung, um an meinem Manuskript weiterzuschreiben. Aber ich danke dir. So einen Anstoß habe ich gebraucht.« In Claudia drängt nun alles, das Kribbeln in ihrem Bauch für eine romantische Szene ihres Romans zu verwerten. Sie rief den Kellner heran, doch Patrick winkte ab.

»Husch, husch, ans Manuskript, Claudia. Ich zahle jetzt und du kannst dich dafür morgen Mittag oder heute Abend beim Abendessen revanchieren. Bis später dann.« Patrick drehte sich seinem dampfenden Teller mit einem Steak und Pommes frites zu, der gerade an den Tisch gebracht worden war.

Claudia wollte noch protestieren, dass Patrick sie gleich bei den nächsten Mahlzeiten eingeplant hatte, aber sie schluckte ihre Erwiderung herunter. Er würde ihr damit helfen, den Liebesroman romantisch zu beenden. Sie sollte es nutzen und sich nicht dagegen wehren. Patrick war ein freundlicher, attraktiver Mann, aber nur eine nette Reisebekanntschaft. Ihr Herzklopfen sowie das elektrisierende Kribbeln in ihrem Bauch verrieten jedoch Claudias wirkliche Gefühle für diesen Mann.

KAPITEL 10

Patrick blieb alleine an dem kleinen Holztisch zurück. Er hatte Hunger und das Steak roch hervorragend. Herzhaft kaute er ein kleines Stück und genoss es aus vollen Zügen. Sehr bald schon würde er seine Tiere selber schlachten und braten müssen, wenn er Fleisch essen wollte. Vielleicht würde er sich dann auch nur ausschließlich vegan ernähren und den Salat, Obst, Gemüse und Getreide selbst anbauen müssen. Irgendwann würde er dann das Hotel renoviert haben, Pferde von seinem gut gefüllten Sparkonto kaufen und Touristen oder einheimische Reitschüler empfangen können. Für ihn als Sport- und Reitlehrer war es die Erfüllung eines lang gehegten Traumes. In zwei Tagen wollte er sich mit einem Makler treffen, der ihm das bereits im Internet ausgesuchte Anwesen zeigte. Wenn die Verkaufsanzeige dieses Hauses mit großem Grundstück wahrheitsgemäß verfasst worden war, würde sein Traum nicht lange warten müssen. Der Ausbau des Anwesens wäre mit seinen Kenntnissen schnell durchgeführt und es würde daher nur ein paar Monate dauern, bis Patrick seine Ferienreiterhofanlage eröffnen könnte.

Dennoch konnte er seine Gedanken nicht mehr vollständig auf seine Pläne in Irland konzentrieren. Diese Frau, die gerade noch gegenüber von ihm am Tisch gesessen hatte, veränderte seinen langjährigen Lebenstraum. Nein, Claudia würde ihn nicht ändern, sondern perfektionieren. Patrick schaute auf ihren leeren Platz und wünschte sich, dass sie da noch sitzen würde. Claudia war die eine Frau, auf die er sein ganzes Leben gewartet hatte.

Während Patrick sein inzwischen gut gekautes Steakstück herunter schluckte wurde ihm schlagartig klar, dass er mit seinem Ferienreiterhof ohne Claudia nicht mehr glücklich werden würde.

KAPITEL 11

Claudia kam es vor, als hätte sie noch nie so konzentriert und mit so viel blumiger Sprachvielfalt an ihrem Liebesroman geschrieben, wie an diesem Nachmittag. Ihre Finger flogen über die Tasten ihres kleinen Laptops und die Handlung formte sich von selbst ihrem Kopf und gleichermaßen in der Datei. Die Hauptperson, ein liebender, ehrlicher Held, nahm immer mehr die Züge von Patrick an und seine Angebetete wurde sie selbst. Nachdem beide viele Hürden zu überwinden hatten, würde er sie bekommen. Claudia seufzte schwer auf. Wenn es doch bloß in der Realität auch immer so märchenhaft gut enden würde.

Als es am Abend plötzlich an ihre schwere Holztür klopfte, schrak Claudia auf und konnte sich kaum auf die Gegenwart besinnen. Ihre Romanhauptperson Patrick wollte sie gerade in ihrer Liebesgeschichte küssen. Claudias Lippen spürten seinen Kuss bereits auf ihren Lippen, da störte jemand aus ihrer Gegenwart die romantische Szene in ihrer Textdatei.

Noch immer leicht benebelt und mit aufgepeitschten Gefühlen stand Claudia auf und öffnete die Tür. Sie hoffte nur, dass der Störende ihr nicht die romantische Stimmung verderben würde, die sie für das Ende des Romanes dringend benötigte.

Patrick stand hinter der geöffneten Tür und grinste sie an. »Du scheinst mich wohl völlig vergessen zu haben, wenn ich deinen erschrockenen Blick richtig deute«, stellte er trocken fest.

»Ja, also eigentlich nicht, aber das Abendessen schon«, stotterte Claudia ungeschickt, während sie noch immer seinen Kuss aus ihrem Roman auf ihren Lippen spürte. Sie rieb sich mit dem rechten Zeigefinger über die Lippe, um das Gefühl zu verscheuchen.

»Hast du etwa schon etwas gegessen?«, deutete Patrick ihr Verhalten falsch.

»Nein, ich...«, stotterte Claudia verlegen, deren Gedanken von Patricks attraktiver Erscheinung in Verbindung mit ihrer romantischen Szene im Manuskript gefangen waren.

Nun lachte Patrick auf. »Ich habe fast vergessen, dass du Liebesromanautorin bist,

Claudia. Ich habe dich wohl in einer besonders heißen Situation erwischt.« Seine Stimme wurde rauer. Er ging einen Schritt auf Claudia zu, sodass er direkt vor ihr stand.

»Damit du wieder klar denken kannst, müssen wir die Szene dann wohl zu einem guten Ende bringen?« Patrick beugte sich langsam zu Claudia herunter, bis er ihre Lippen berührte. Sie stand da und konnte sich nicht rühren. Wie konnte es sein, dass ihr Manuskript plötzlich Realität wurde? Claudia war noch eine verheiratete Frau, wenn auch eine in Trennung lebende. Zudem hatte Lukas sie mehrfach betrogen. Sie hatte ein Recht, diese Romanze mit Patrick zu genießen. Aber hatte sie es wirklich oder verhielt sie sich höchst unmoralisch? Vielleicht küsste Patrick sie auch nur, damit sie gleich weiterschreiben könnte, sozusagen als berufliche Anregung? Dann wäre es sicher klug, diesen Kuss nicht fehlzudeuten und mehr dahinter zu vermuten.

Während Claudia mit sich kämpfte, spürte sie, wie Patricks Leidenschaft hochkochte. Seine Zunge öffnete ihre Lippen sanft und Claudia konnte ihm nicht mehr widerstehen. Sie schloss die Augen und wollte diese Situation mit Patrick nur noch genießen.

KAPITEL 12

Mit einem Ruck löste sich Patrick jedoch plötzlich von ihr. Er schloss die noch offene Eingangstür, nahm Claudia an die Hand und führte sie zu ihrem Bett.

»Patrick, vielleicht hast du es vorhin nicht mitbekommen, aber ich bin noch verheiratet, auch wenn ich schon in Trennung lebe«, erklärte Claudia fast tonlos. Nicht nur ihre Stimme zitterte. Auch ihr Körper bebte vor Verlangen nach diesem Mann, den sie im Grunde gar nicht kannte.

»Pst, das weiß ich«, flüsterte Patrick ihr ins Ohr und legte einen Finger auf ihren Mund. Dann wanderte seine Hand zu ihren Haaren, die er erst behutsam streichelte, dann jedoch hereingriff und sie nach hinten zog, sodass Claudia rücklings auf das Bett fiel. Mit einem Satz lag Patrick neben ihr und seine Hand bahnte sich den Weg unter ihren Pulli auf ihren nackten Bauch. Claudia zuckte zusammen, denn Patricks Hand schien mehr als nur Wärme abzugeben. Er flutete ihren Körper mit Hoffnung, Vertrauen und einem noch nie gekannten Hochgefühl. Claudia fing an zu zittern. Es war ihr peinlich, dass sie durch das unfreiwillige Beben ihres Körpers ihre Gefühle für Patrick so deutlich zum Ausdruck brachte, aber sie war nicht mehr Herr ihres Körpers. Dieser Mann, Patrick, hatte die Führung übernommen.

Als sie Claudia daher ein wenig unwohl hin- und herdrehte reagierte Patrick: »Du bist die attraktivste Frau, die ich je getroffen habe, Claudia. Lass dich einfach fallen, denn bei mir kannst du das. Ich weiß nicht, warum du dich von deinem Mann getrennt hast, aber ich kann dir versichern, dass ich dir keinen Schmerz zufügen werde. Ich wünsche mir so sehr, dass du zu mir gehörst, hier und jetzt!« Patrick kniff sie in den Bauch und trotz des kurzen Schmerzes, entkrampfte sich Claudia. Sie schlang ihre Arme um seinen Hals und bat: »Küss mich noch einmal, bitte!«

Doch Patrick schüttelte nur mit einem hämischen Grinsen den Kopf. »Noch nicht!«

Er zog sein bordeauxrotes Hemd aus und Claudias Herz machte einen Sprung, als sie seinen starken, männlichen Oberkörper sah. Patrick zog Claudia hoch, um ihr den Pulli über den Kopf zu ziehen. Mit einem Handgriff war auch ihr Büstenhalter offen. Betont langsam ließ er die Träger über ihre Oberarme gleiten, sodass ihre Haut von der leichten Berührung kribbelte.

Als Claudia mit nacktem Oberkörper vor ihm saß, schaute Patrick sie nur an. Seine Augen glänzten, seine Pupillen waren weit geöffnet. Claudia wagte nicht, ihn zu berühren und damit die elektrisierende Stimmung zu zerstören. Gleich würde sie ihn spüren. Mit seiner starken Männerhand würde er sie erneut berühren, Leidenschaft und Vertrauen auf sie übertragen. Sie würde Patricks Brust auf ihrer wahrnehmen können und bald schon wären sie vereint. Und wenn es auch nur für ein paar Minuten war. Ihr Verlangen nach ihm steigerte sich von Sekunde zu Sekunde und seines ganz offensichtlich auch. Doch Patrick zog den Moment quälend weiter hinaus.

Dann endlich beugte er sich zu ihr herunter und küsste sie. Claudia ließ sich wieder langsam nach hinten auf das Bett fallen, damit er ihr noch näher war. Während Patrick sie diesmal leidenschaftlich küsste, erforschen seine Hände den bereits unbekleideten Teil ihres Körpers mit abwechselnder Sanftheit und Härte. Claudia spürte, dass Patricks Verlangen im Gegensatz zu den Nächten mit

Lukas nicht mit anregenden Spielchen oder egoistischen Bedürfnissen zusammenhing, sondern nur mit ihr. Es war aufrichtig, ehrlich und natürlich.

Patrick knöpfte ihre Hose auf, während er jetzt ihr Gesicht mit Küssen bedeckte. Ihre Hose saß trotz ihrer Appetitlosigkeit in der letzten Zeit noch immer eng, aber Patricks geschickte Hände hatten diesen Kraftakt problemlos bewältigt.

Ein prickelndes Gefühl des Beschützt- und Geführtwerdens flutete durch Claudias Körper und das erste Mal seit Jahren war sie bereit, sich tatsächlich völlig fallen zu lassen.

KAPITEL 13

»Klingeling-klingeling!« Claudias Handy schrillte in die hypnotische Situation herein.

»Dein Telefon schellt, aber du wirst jetzt hier dringender gebraucht«, reagierte Patrick mit einer leisen, rauen Stimme.

Doch das Handy hörte nicht auf, zu klingeln.

»Schmeiß es gegen die Wand!«, reagierte Patrick nun ein wenig ungehalten. »Ich kaufe dir ein Neues - danach!«

»Ich nehme das Gespräch eben an und dann haben wir Ruhe«, versprach Claudia.

»Hier Claudia Fresik«, meldete sie sich mit belegter Stimme.

»Ist dort die Frau von Lukas Fresik?« Eine starke, kühle Männerstimme holte Claudia ruckartig in die Gegenwart zurück.

»Ja?«

»Ich bin Dr. Paoli, Oberarzt in dem St.-Eustasius-Krankenhaus und muss Ihnen leider mitteilen, dass Ihr Mann bei uns auf der Intensivstation liegt.«

Claudia richtete sich auf. »Was ist geschehen? Hatte Lukas einen Unfall?«

»Herr Fresik hat versucht, sich das Leben zu nehmen.« Die Stimme klang kalt und emotionslos.

»Aber wieso?« Sofort, nachdem Claudia diese Frage gestellt hatte, war ihr klar, dass sie den Grund bereits kannte. Lukas war hoch verschuldet und kein Kämpfertyp. Er konnte nur noch einmal auf die Beine kommen, wenn sie als seine Frau ihm dabei half. Sie wollte ihm jedoch nicht mehr unter die Arme greifen, wenn er jede Gelegenheit dazu nutzte, um sie zu betrügen und zu belügen. Claudia wollte nicht mehr seine Ehefrau sein, nachdem sie wusste, dass er viele Male bei Prostituierten und nicht nur schwach, sondern auch treulos war.

»Warum er es getan hat, werden Sie als seine Frau vermutlich am besten wissen«, bekam sie von dem Arzt zur Antwort. Vorwurf schwang in seiner Stimme mit.

»Wird er wieder gesund?«

»Frau Fresik, ich denke, das sollten wir eher persönlich besprechen, wenn Sie hier sind. Wie ich Ihnen sagte, liegt Ihr Ehemann noch auf der Intensivstation. Morgen Nachmittag um 16:00 Uhr habe ich einen Termin für Sie reserviert. Dann können wir über alles sprechen. Entschuldigen Sie, gerade kommt ein Notfall herein. Bis morgen dann, Frau Fresik!« Der emotionslose Oberarzt Dr. Paoli hatte einfach aufgelegt. Einen Moment schaute Claudia auf ihr Handy. Der Name »Dr. Paoli« sagte ihr etwas, aber sie konnte sich nicht mehr erinnern, wo und in welchem Zusammenhang sie ihn gehört hatte.

Bedächtig langsam klappte sie das Handy zusammen. Hatte sie Lukas falsch eingeschätzt. Hing er doch mehr an ihr, als sie nach seiner ständigen Untreue vermutet hatte? Oder war er nur so schwach, dass er ohne seine tatkräftige Frau nicht glaubte, klar zu kommen? Vielleicht war sein geplanter Selbstmord nur ein Erpressungsversuch gewesen? Doch Claudia schüttelte den Kopf. Lukas lag auf der Intensivstation, was bedeutete, dass er ernsthaft versucht hatte, sich das Leben zu nehmen. Er wollte Claudia nicht erpressen, er wollte nicht mehr leben ohne sie. Plötzlich fühlte sich Claudia eingeengt, festgehalten und zu einem schlechten Gewissen gezwungen. Sie wollte nach alldem die Ehe mit Lukas nicht erhalten. Was sollte sie nur tun? Claudia schaute noch immer gedankenverloren und gleichermaßen erschüttert auf ihr zusammengeklapptes Handy.

KAPITEL 14

»Nun, Claudia, für dich ist diese Reise wohl beendet!«, ertönte eine dunkle Männerstimme von dem Ende des Raums.

Claudia drehte sich um und sah Patrick, der inzwischen wieder vollständig bekleidet am Fensterrahmen lehnte und herausschaute.

»Patrick, ich würde so gerne bleiben - bei dir und in Irland«, sprach Claudia ihre Gefühle aus.

Patrick sah Claudia an. Seine Stirn lag in tiefen Sorgenfalten und seine Augen zweifelten. »Dann bleib doch! Dein Mann ist im Krankenhaus und wird dort bestens betreut. Du kannst dort nicht viel für ihn tun, es sei denn...« Patrick schwieg.

»Nein, ich will nicht wieder zu ihm zurückgehen. Es ist so viel geschehen, dass ich das nicht mehr verzeihen kann!« Obwohl Claudias Aussage klar war, schwang Unsicherheit in ihrer Stimme mit.

»Du musst mir nichts erklären. In den meisten Fällen gehen Ehefrauen nach einem Seitensprung wieder zu ihren Männern zurück. Wie viel wahrscheinlicher ist es dann, dass ihr nach einem missglückten Selbstmordversuch wieder einen Weg zueinander findet? Ich verstehe, dass du jetzt für deinen Ehemann da sein willst. Schließlich wusste ich von Anfang an genau, worauf ich mich eingelassen habe.« Patrick griff nach seiner Jacke.

»Patrick, nein, so ist es nicht. Ich will nicht mehr mit ihm zusammenkommen. Aber nachdem er versucht hat, sich umzubringen, muss ich als seine Noch-Ehefrau...«, Claudia schluckte. Sie merkte, dass ihr Erklärungsgestammel sich genauso anhörte, wie es Patrick gerade zuvor vermutet hatte. Claudia nickte: »Irgendwie hast du Recht, Patrick. Noch bin ich seine Ehefrau und ich fühle mich schuldig, weil er ohne mich im Leben nicht klarkommt. Morgen habe ich einen Termin beim Oberarzt und ich weiß nicht...«

»Claudia, wenn du dich schuldig fühlst, Mitleid hast oder einfach nicht weißt, was du tun musst, solltest du dir über deine Lebensplanung erst einmal Klarheit verschaffen. Das ist keineswegs böse gemeint, sondern nur ein guter Rat. Du musst dir absolut sicher sein, was du dir vorstellst, wenn du dein Leben ändern willst. Es tut mir leid, dich bedrängt zu haben!«, erwiderte Patrick in einem betont sachlichen Ton. Seine Stirn lag noch mehr in Falten und seine großen dunkelblauen Augen waren mit einem traurigen Film überzogen. Es war offensichtlich, was er fühlte. Aber er hatte auch deutlich klar gemacht, dass er Claudia weder drängen noch beeinflussen wollte. Sie sollte sich alleine klar darüber werden, welchen Weg sie von nun an gehen wollte.

Patrick ging langsam auf die Tür zu, drückte die Klinke herunter. Er drehte sich nochmals um und Claudia sah, dass seine Augen feucht schimmerten. Ohne ein weiteres Wort zog er die Tür auf, trat nach draußen und schloss sie ganz langsam und leise. Genauso still nahm er Claudias Hoffnungen auf ein besseres, vertrauensvolles Leben mit.

»Ich will dich, Patrick«, rief Claudia ihm hinterher. Aber es war zu spät. Die Ferienhaustür war bereits geschlossen. Claudia hatte zu lange gezögert, da sie noch zwischen schlechtem Gewissen und eigenen Wünschen hin- und hergerissen wurde. Vielleicht hatte Patrick tatsächlich Recht. Sie liebte Patrick, aber sie hatte mit ihrem bisherigen Leben noch nicht endgültig abschließen können, sei es nun aus den Umständen oder ihrem eigenen Verantwortungsgefühl heraus. Claudia musste unter ihrem bisherigen Leben mit Lukas einen endgültigen, klar erkennbaren Schlussstrich ziehen, um dann mit Patrick in Irland neu beginnen zu können, wenn er sie dann überhaupt noch wollte.

KAPITEL 15

Dr. Paoli betrat das Einzelzimmer in der Intensivstation des St.-Eustasius-Krankenhauses. Er schloss leise die Tür hinter sich. »Herr Fresik, ich habe Ihre Frau soeben telefonisch erreichen können.« Die Stimme von Herrn Dr. Paoli klang eiskalt.

Dennoch lächelte Lukas zufrieden. »Das ist sehr gut. Wie hat sie reagiert? Wird sie ihren Urlaub abbrechen?«

Der Oberarzt schaute auf seinen Patienten, der eine gesunde rosige Gesichtsfarbe aufwies und gute Laune versprühte. Diverse medizinische Überwachungsgeräte standen hinter und neben ihm. Ihre Signalanzeigen auf den Monitoren zeigten an, dass sich Lukas' Herzaktivitäten, sein Blutdruck und seine Körpertemperatur im gesunden Rahmen befanden. Nur ein dickes Pflaster auf Lukas' linkem oberen Kopf ließen auf einen vorherigen Unfall schließen.

»Ich habe Ihrer Frau gesagt, dass ich morgen Nachmittag um 16:00 Uhr einen Termin für sie reserviert habe. Ich werde sie dann über Ihren...«, Dr. Paoli stockte, »...erfolglosen Selbstmordversuch und dessen Ursache aufklären müssen.« Verachtung schwang in den Worten des Oberarztes mit.

»Das läuft doch perfekt!«, freute sich Lukas und richtete sich auf.

»Ihnen ist schon klar, dass ich den medizinischen Bericht fälschen musste, um Ihre zwei eingenommenen Schlaftabletten als Selbstmordversuch zu hinzustellen?«

»Wir beide mussten für unsere Frauen einiges auf uns nehmen. Das Auspumpen meines Magens war auch alles andere als angenehm. Den Brechreiz aufgrund des dicken Schlauchs in meinem Magen werde ich nie wieder vergessen«, jammerte Lukas.

»Sie haben es überstanden. Ich dagegen muss hoffen, dass mein Betrug nicht der Krankenkasse oder einem meiner Mitarbeitern auffällt. Also seien Sie nicht so selbstzufrieden, sondern spielen noch ein wenig den depressiven, verlassenen Ehemann«, fuhr ihn der Oberarzt an.

»Ist doch schon gut. Sie helfen mir, meine Frau zu behalten und ich Ihnen, Ihre nicht zu verlieren«, beschwichtigte Lukas ihn in einem arroganten Ton.

»Sie verdrehen da wohl einiges, Herr Fresik. Wenn Sie mich nicht erpressen würden, hätte ich mir nie Sorgen machen müssen, meine Frau zu verlieren.«

»Nun, seien Sie doch nicht so übergenau. Wir beide haben uns im Etablissement doch hervorragend amüsiert und ich habe die Rechnung dafür bezahlt - und natürlich auch sorgfältig aufbewahrt. Leider haben unsere Frauen kein Verständnis dafür, dass wir als schwer arbeitende Ehemänner auch mal Entspannung vom Job und vom Alltag zu Hause benötigen. Die Rechnung, auf der Sie mit zwei der attraktiven Damen aufgeführt sind, werde ich vernichten, sobald meine Frau mir den Selbstmordversuch dank Ihrer überzeugenden Geschichte glauben wird. Wir Männer müssen doch zusammenhalten.«

»Ich habe wohl keine andere Wahl, Herr Fresik«, knurrte Dr. Paoli.

»Wenn Sie Ihre Ehe weiterhin aufrechterhalten wollen, sollten Sie meiner Frau eine rührende Geschichte von meinem Selbstmord, meiner eventuellen Wiederholungsabsicht und nicht zu vergessen von meiner Depression erzählen.« Lukas lachte vor Vorfreude auf.

»Sie wollen, dass Ihre Frau aus Mitleid und Verantwortungsgefühl zu Ihnen zurückkommt. Sie soll Angst vor einem erneuten Selbstmordversuch haben, wenn sie Sie nochmals verlassen will. Das ist erbärmlich! Aber wenn es das ist, was Sie von mir verlangen, werde ich ihre Frau dementsprechend belügen müssen«, willigte der Oberarzt widerstrebend ein.

»Ich kenne Claudia. Die wird nicht wollen, dass ich mir wegen ihr das Leben nehme und mich daher vorerst weiter bei ihr in der großen Villa wohnen lassen. Ihr Einkommen von den veröffentlichten Büchern reicht gut für uns beide und ich brauche dann nicht mehr zu arbeiten. Dank meiner hervorragenden Künste als Schauspieler und auch im Bett werden meine Seitensprünge so langsam verblassen und unsere Ehe bekommt eine neue Chance.«

»Dann kann ich Ihnen nur viel Erfolg bei Ihrem Betrugsspielchen wünschen. Sie werden im Übrigen nachher in eine normale Station verlegt, Herr Fresik. Da Sie sich glücklicherweise nach Einnahme der beiden Schlaftabletten im benebelten Zustand eine Kopfverletzung an der Tischkante zugezogen haben, kann ich Sie wenigstens wegen Verdacht auf eine Gehirnerschütterung noch zwei Tage hierbehalten«, Dr. Paoli drehte sich um und wollte eilig den Raum verlassen.

»Aber ich bekomme doch wohl ein Einzelzimmer!«, rief Lukas ihm hinterher.

Der Oberarzt drehte sich mit einem wutverzerrten Gesicht um. »Natürlich, was immer Sie wollen Herr Fresik. Mir ist durchaus klar, dass Sie Ihre Lüge kaum 24 Stunden vor anderen Patienten aufrechterhalten könnten. Aber tun Sie mir einen Gefallen. Wenn Sie nochmals in ein Krankenhaus gehen sollten, dann suchen Sie sich bitte ein anderes aus.« Nun verließ der Oberarzt energischen Schrittes dieses Zimmer auf der Intensivstation, während Lukas selbstzufrieden vor sich hinlächelte.

KAPITEL 16

Claudia saß noch ein paar Minuten erschüttert mit nacktem Oberkörper auf ihrem Ferienhausbett, bevor sie ihre Gedanken ein wenig geordnet hatte. Lukas, Ihr Ehemann, hatte versucht, sich das Leben zu nehmen, während sie sich hier im Irland bereits mit einem anderen Mann amüsierte. Bei dem Wort »amüsierte« protestierte etwas in ihr. Nicht nur, dass sie gar nicht dazu gekommen war, sich mit Patrick eine schöne Zeit zu machen, sondern sie wollte sich nicht mehr nur mit ihm amüsieren. Sie hatte inzwischen sehr viel tiefer gehende Gefühle für ihn entwickelt. Wie gerne hätte sie sein Angebot beim Mittagessen in der Kneipe angenommen, ohne auf die Folgen zu achten. Alles in ihrem Herzen sagte »Ja« zu seinem flapsig hingeworfenen Angebot, dass sie zusammen mit ihm in Irland ein neues Leben aufbauen sollte. Claudia hatte keine örtlich gebundene Arbeitsstelle. Mit dem Verlag kommunizierte sie per Post, Telefon oder E-Mail. Ihre geerbte Villa könnte sie vermieten. Claudia sah kein Problem darin, ihre Zelte in Deutschland abzubrechen und nach Irland zu ziehen. Sie war sich sogar absolut sicher, dass sie sich nichts anderes wünschte, als mit Patrick zusammen in Irland leben zu wollen. Nun war jedoch der Selbstmordversuch ihres Noch-Mannes dazwischengekommen und ließ ihre Wünsche und Hoffnungen wie eine Seifenblase zerplatzen.

Mit einem lauten Aufstöhnen stand sie vom Bett auf. Es waren reine Hirngespinste, zu glauben, dass ihr Herzenswunsch tatsächlich Realität werden würde. Lukas hatte einen Selbstmordversuch hinter sich, der genauso erfolglos war, wie sein sonstiges Leben. Zudem hatte sich Patrick gerade von ihr verabschiedet. Claudia wusste noch nicht einmal sicher, ob sein Angebot ernst gemeint oder als harmloser Flirt gedacht war.

»Also, Claudia, willkommen zurück in deinem trostlosen Leben in Deutschland. Hör auf, märchenhaften Träumen hinterherzujagen. Diese Wünsche gehören in deine Liebesgeschichten, nicht aber in deine Realität«, schalt sie sich leise, während sie sich anzog.

Danach wählte sie über ihr Handy die Telefonnummer des Reiseleiters. Nachdem Sie geschildert, hatte, dass sie leider sofort abreisen müsse, bot er ihr an, ihr einen Flug nach Deutschland zu buchen und sie zum Flughafen nach Galway zu fahren. Erleichtert nahm Claudia diese Hilfe an. Es war ein beruhigendes Gefühl in ihrem Gefühlschaos, dass sich jemand um sie kümmerte, auch wenn es nur der Reiseleiter des teuren Irlandurlaubes war.

KAPITEL 17

Als sich das große Flugzeug am Flughafen von Galway am späten Abend desselben Tages in die Lüfte hob, rollten Tränen Claudias Wangen herunter. Sie hatte Patrick vor noch nicht mal zwölf Stunden kennen gelernt, aber er verkörperte alles, was sie sich wünschte. Alles in ihr sehnte sich danach, Deutschland den Rücken zu kehren und hier mit ihm neu anzufangen.

Bevor Claudia ihren Urlaub nach noch nicht einmal einer Übernachtung wieder verlassen musste, hatte sie an der Rezeption der Ferienhausanlage in Irland eine kurze Nachricht an Patrick hinterlegen lassen. Sie hatte ihm ihre Handynummer und Anschrift hinterlassen. Claudia bedauerte zutiefst, jetzt Irland und Patrick verlassen zu müssen, um erst einmal in Deutschland alle zu klären.

Wenn Claudia ehrlich war, so konnte sie mit keiner Reaktion von Patrick mehr rechnen. Er hatte sich mit einer Ehefrau eingelassen, die sofort zu ihrem Ehemann reiste, als dieser in Problemen war. Nach einer bevorstehenden oder ernsthaften Trennung von ihr und Lukas sah das tatsächlich nicht aus.

Am frühen Morgen kam Claudia endlich in ihrer Villa in Deutschland an. Nachdem sie ihren Wecker gestellt hatte, fiel sie in einen unruhigen Schlaf mit verworrenen, unklaren Träumen von dem grünen Irland, dem tatkräftigen Patrick und einem Lukas, der sie in ihrem eigenen Keller eingesperrt hatte.

KAPITEL 18

Nachdem sie sich ausgiebig geduscht und eine Kleinigkeit gegessen hatte, klopfte Claudia kurz vor 16:00 Uhr an das Zimmer des Oberarztes Dr. Paoli im St.-Eustasius-Krankenhaus.

»Kommen Sie herein«, rief Dr. Paoli mit einer kalten, herrschenden Stimme.

Zaghaft öffnete Claudia die weiße Tür und schloss sie genauso vorsichtig wieder hinter sich.

»Sie sind vermutlich Frau Fresik?«, fragte Herr Dr. Paoli, der sich nach einem kurzen Blick auf Claudia wieder seinen Akten vor sich auf dem Schreibtisch widmete.

»Ja, ich bin die Frau von Lukas Fresik. Sie hatten mir um 16:00 Uhr einen Termin gegeben, um über meinen Mann und seinen Selbstmordversuch zu reden.« Claudia fiel es genauso schwer von ihrem »Mann« wie auch von seinem »Selbstmordversuch« zu sprechen.

Endlich klappte Dr. Paoli seine geöffnete Akte zu und lehnte sich in seinem gepolsterten Chefsessel zurück.

Claudia setzte sich auf den kleinen Stuhl vor dem beeindruckend großen Schreibtisch.

»Frau Fresik, schön, dass Sie kommen konnten.«

»Das war...«, Claudia schluckte, »...doch eigentlich selbstverständlich.« Sie fühlte sich wie eine Heuchlerin, die nun auf der Anklagebank saß.

»Wenn man eine Ehe eingeht, ist es natürlich selbstverständlich, dass man in solchen Situationen für seinen Partner da ist. Allerdings hat uns Ihr Ehemann erzählt, dass sie sich von ihm trennen wollten?«

»Das stimmt.« Claudia nickte. »Es sind sehr viele Dinge in letzter Zeit geschehen, die das Vertrauen in ihn und unsere Ehe erschüttert haben.«

»Unsere Klinikpsychologin hat mit vielen Ehepaaren zu tun, die ihre Ehe viel zu früh und leichtfertig aufgegeben haben. Wie auch im normalen Leben gibt es in solch engen Beziehungen schlechtere und bessere Zeiten. Die meisten Probleme werden sich doch unter erwachsenen Menschen regeln lassen, ohne gleich die Flucht zu ergreifen.«

Nun war Claudia sich sicher, auf einer Anklagebank zu sitzen. Dennoch schaffte sie es nicht, dem dominanten Oberarzt von Lukas' Untreue und seinen dauernden Lügen zu erzählen. Vielleicht hatte Dr. Paoli sogar Recht und sie wollte es sich mit der Trennung doch zu einfach machen. Inzwischen fühlte sich Claudia nicht nur schuldig, sondern war auch völlig verwirrt.

»Hat sich mein Mann versucht umzubringen, weil er mit meinen Trennungsabsichten nicht klarkam?«, fragte Claudia nach, obwohl sie die Antwort im Grunde schon ahnte.

»Ja, Ihre Trennung war der Grund, warum Herr Fresik keinen Sinn mehr im Weiterleben sah.« Der Oberarzt sah Claudia scharf an.

Was sollte sie darauf antworten? Musste sie nun für immer bei ihrem untreuen Ehemann bleiben, damit er keinen weiteren Selbstmordversuch unternahm? Herr Dr. Paoli schien auf eine Erwiderung zu warten. Claudia war jedoch nicht bereit, jetzt Zugeständnisse hinsichtlich der Fortführung ihrer Ehe zu machen. Daher wechselte sie das Thema. »Wie hat er sich versucht, das Leben zu nehmen?«

»Ihr Mann hatte sich zuvor Schlafmittel verschreiben lassen. Er hat zwanzig Tabletten auf einmal genommen. Danach wollte er nur noch ins Bett torkeln, um dort zu sterben, als er gegen den Küchentisch fiel. Er hatte wohl instinktiv aufgeschrien und ein Passant hörte den Unfall durch das geöffnete Fenster. Der

Fußgänger holte den Rettungswagen. Der Sanitäter stellte sofort die Platzwunde am Kopf fest und brachte ihn in unser Krankenhaus. Ihr Mann war zu diesem Zeitpunkt noch nicht bewusstlos und teilte dem Rettungssanitäter mit, dass er eine Überdosis Schlaftabletten genommen hätte. Glücklicherweise befand sich der Wirkstoff noch zum größten Teil im Magen und wir konnten Ihren Mann durch das Magenauspumpen retten.« Dr. Paoli hatte diese dramatische Geschichte ohne eine Gemütsregung im Gesicht erzählt, als handle es sich um das Nähen einer kleinen Schnittwunde.

Doch Claudia war geschockt, entsetzt und ratlos. »Wie geht es denn jetzt weiter mit meinem Ehemann?«, fragte sie verwirrt.

»Nun ja, das liegt wohl an Ihnen, Frau Fresik. Ihr Mann hatte Glück und wird keine körperlichen Schäden davontragen. Allerdings ist er psychisch noch sehr instabil. Natürlich sollte eine Ehe nicht nur durch einen drohenden erneuten Selbstmordversuch aufrechterhalten werden. Aber dennoch sollten Sie sich darüber im Klaren sein, dass er durchaus nochmals versuchen könnte, seinem Leben ein Ende zu bereiten, wenn Sie an Ihren Trennungsabsichten festhalten. Er wird nach seiner Entlassung in ein paar Tagen von einem ambulanten Dipl.-Psychologen betreut werden, aber Sie können sich sicher vorstellen, dass dies nur ein Tropfen auf dem heißen Stein ist. Nachdem er uns versicherte, er würde weiter mit Ihnen leben wollen und hätte den Selbstmordversuch nur aus starkem Liebeskummer begangen, können wir ihn nicht in einer geschlossenen Klinik unterbringen. Zudem braucht er auch aufgrund der Insolvenz seines Elektrogeschäftes momentan einen sicheren Hafen, um zu sich zu kommen und neue Ziele entwickeln zu können. Sie müssen nun entscheiden, wie Sie mit ihrem angetrauten Ehemann und dieser Angelegenheit umgehen wollen.« Herr Dr. Paoli lehnte sich abwartend in seinen Doktordrehstuhl hinter dem riesigen dunklen Holzschreibtisch zurück. Er schaute Claudia eindringlich an.

»Was würden Sie mir empfehlen?«, fragte Claudia immer noch verwirrt. Sie sah dauernd das Gesicht von Patrick vor sich. Irland wanderte in Gedanken an sich vorbei und verschwand in einer immer größeren Entfernung. Patrick war dort, wartete auf sie. Claudia sollte zu Patrick, musste jedoch musste jetzt ihren schwachen Ehemann stützen.

»Ich würde Ihnen empfehlen, erst einmal von einer Trennung abzusehen und ihrem Ehemann die Möglichkeit zu lassen, sich zu stabilisieren oder haben Sie schon einen neuen Freund?« Dr. Paolis Blick war scharf und nahezu warnend.

»Nein, eigentlich nicht. Nein, ich wollte nur... Gut, ich werde erst einmal nicht die Scheidung einreichen. Lukas kann noch einige Zeit bei mir wohnen.« Claudia resignierte. Es wäre verrückt, auf Patrick zu bauen, den sie überhaupt nicht kannte und dafür womöglich ihr Gewissen mit dem Tod ihres schwachen Ehemannes zu belasten. Es war ein schöner Traum gewesen, aber vermutlich hatte sie sich nur an einen Wunsch geklammert, der niemals Realität werden konnte.

»Gut, das ist eine vernünftige Entscheidung. Geben Sie Ihrer Ehe nochmals eine Chance und ihrem Mann Ruhe und Sicherheit, damit er seine Ziele neu stecken kann.«

Claudia nickte traurig.

»Haben Sie noch Fragen, Frau Fresik?«

»Wann wird Lukas voraussichtlich entlassen werden?«

»Aufgrund seiner Kopfverletzung behalten wir ihn noch zwei Tage hier, dann kann er nach Hause gehen. Bitte machen Sie ihm keine Vorwürfe. Ich denke nicht, dass ihr Mann Druck und Belastungen zurzeit gut aushalten kann.« Täuschte sich Claudia oder huschte ein kurzes siegessicheres Lächeln über sein Gesicht? Warum nur fühlte sie sich beengt und manipuliert?

»Ich danke Ihnen, Herr Dr. Paoli. Ich werde Ihre Ratschläge beherzigen«, antwortete Claudia und stand auf.

»Wenn Sie wollen, können Sie Ihren Mann gerne sofort besuchen. Er wurde heute auf die Station B2 verlegt, Zimmer 63.« Der Oberarzt stand ebenfalls auf und reichte ihr die Hand.

»Ja, ich gehe gleich mal kurz vorbei«, versprach Claudia, obwohl sie viel lieber sofort nach Hause gegangen wäre.

»Er wird sich sehr freuen. Vielen Dank für Ihre Mitarbeit, Frau Fresik!« Mit allzu offensichtlicher Erleichterung schüttelte Herr Dr. Paoli Claudias Hand.

KAPITEL 19

Als Claudia das Krankenhauszimmer von Lukas betrat, war sie enttäuscht, dass er in einem Einzelzimmer untergebracht war.

Sie wusste nicht, wie sie auf ihn zugehen und mit ihm sprechen sollte. Lukas hingegen strahlte sie unbekümmert an, als er sie erblickte.

»Hallo, Claudia. Du glaubst gar nicht, wie sehr ich mich freue, dich zu sehen. Ich liebe dich so sehr und konnte an nichts anderes mehr denken, nachdem zu abgereist warst«, sprudelte er los. Zu Claudias Erstaunen machte er einen äußerst gesunden und gefestigten Eindruck.

Claudia fiel keine Erwiderung ein, die ihre Wut, Enttäuschung und Hilflosigkeit in diesem Moment nicht widergespiegelt hätte. Also beließ sie es bei einem: »Hallo Lukas. Wie geht es dir?«

»Claudia, komm her. Wenn du da bist, geht es mir immer gut. Du siehst so gut aus! Lass uns noch einmal von vorne anfangen. Ich habe so viele Fehler gemacht, aber ich werde ab jetzt ein vorbildlicher Ehemann sein. Welchen

Wunsch du auch an mich hast, ich werde dir alle erfüllen.«

Unwillkürlich trat Claudia einen Schritt zurück. »Ich denke, wir sollten die Trennung tatsächlich nicht übereilen.« Während sie das sagte, zog wieder Patricks Gesicht an ihr vorbei: seine traurigen Augen, die Stärke, seine Männlichkeit. Claudia log, um ihrem Ehemann zu helfen und verdrängte wieder einmal ihre eigenen Bedürfnisse. Aber sie musste Lukas nach sieben Jahren Ehen die Chance geben, gesichert auf eigenen Beinen stehen zu können. »In guten wie auch in schlechten Zeiten«, schoss es ihr wie eine Ermahnung durch den Kopf.

»Ich bin dir so dankbar, dass du das sagst«, reagierte Lukas »Ich denke, wir wissen beide, was wir aneinander haben.«

Schon wieder brach seine sich selbst überschätzende, arrogante Art durch. »Lukas, ich wollte nur kurz schauen, wie es dir geht. Leider habe ich gleich einen kurzfristigen Telefontermin mit meinem Verlag, weil ich unter diesen Umständen meinen Abgabetermin für meinen Roman wieder verschieben muss. Wenn du entlassen willst, kommst du natürlich wieder in die Villa und dann schauen wir mal weiter«, log Claudia. Ihr wurde spätestens jetzt klar, dass sie nicht mehr seine liebende Ehefrau spielen konnte, also musste sie ihn erst einmal anlügen. Sie hasste jede Art von Lügen, aber hier und jetzt würde sie mit der Wahrheit mehr zerstören als retten oder klären.

»Dann hast du bald noch mehr Zeit für mich, wenn noch nicht mal mehr dein Abgabetermin drängt«, freute sich Lukas, der nicht bemerkte, was in Claudia wirklich vorging.

»Lass dich hier noch ein paar Tage schön verwöhnen. Ich werde dir berichten, wie das Gespräch verlaufen ist«, wich Claudia aus und verließ nahezu fluchtartig das Krankenzimmer.

Sie wollte gar nicht daran denken, was für ein verlogener Kraftakt ihr in den nächsten Wochen bevorstehen würde. Dennoch konnte und wollte Claudia nicht riskieren, dass sich wegen ihrer Wünsche, Ungeduld oder Schwäche ein Mensch in Gefahr begeben oder sogar sterben würde.

KAPITEL 20

Mit einem Glas beruhigenden Rotweins saß Claudia am Abend vor ihrem Schreibtisch und hatte die Textdatei mit ihrem Roman auf ihrem Laptop vor sich geöffnet. Sie hatte keinen Telefontermin mit Ihrem Verlag wahrnehmen müssen, denn Claudia wusste, dass sie den Abgabetermin ohnehin nicht verschieben konnte. Sie musste ihr Manuskript in den restlichen anderthalb Wochen zu Ende schreiben. Hier zu Hause, in ihrer voller negativer Erinnerungen beladener Villa konnte Claudia sich wieder kaum in eine romantische Liebesgeschichte einfinden. Eher würde sie in ihrer momentanen Stimmung eine Kriminalgeschichte schreiben können.

Plötzlich klingelte ihr Handy, das neben dem Laptop auf dem Schreibtisch lag. Was wollte Lukas jetzt bloß wieder von ihr? Claudia hatte das Gefühl, dass ihr Lukas nach und nach die Kehle zudrückte und sie nicht mehr atmen ließ. Sie klappte ihr Handy auf. »Lukas, was ist los?«

»Entschuldigung, wenn ich in dein Privat- und Eheleben eindringen sollte. Ich wollte dir nur mitteilen, dass...«, ertönte eine starke, männliche Stimme, die nichts mit der Dominanz von Lukas zu tun hatte.

»Patrick!« Claudias Stimme überschlug sich.

»Wenn ich dich in Ruhe lassen soll, sage es mir bitte direkt. Ich halte nichts von Hinhalten, Lügen oder ausweichenden Antworten«, antwortete Patrick deutlich, aber dennoch warmherzig. Er sprach Claudia direkt aus ihrem Herzen.

»Nein, ich weiß nur nicht, wo mir momentan der Kopf steht.« Claudias Stimme zitterte. Er war die Rettung für ihren Roman und ihr Herz.

»Es tut mir leid, dass ich dich nach der erschütternden Meldung von deinem Ehemann alleine gelassen habe, anstatt dich zu stützen. Ich schätze sehr, dass du für ihn einstehst, obwohl…«, Patrick stockte, »…obwohl es wohl jetzt gerade viele Probleme zwischen euch gegeben hat. Es zeugt von Stärke, zu deiner Verantwortung zu stehen.«

Claudia schluckte. »Du hältst es für die richtige Entscheidung, dass ich zu meinem Mann zurückgeflogen bin?«, fragte sie mit einem tiefen Bedauern nach.

»Du stehst zu ihm, wenn er dich braucht. Vielleicht rettet dies sogar eure Ehe.« Patrick räusperte sich. »Ich wollte dir nur mitteilen, dass ich das verstehe. So eine Frau wie du wünsche ich mir schon ein Leben lang.«

Claudias Augen füllten sich mit Tränen. Patrick wollte sich von ihr endgültig verabschieden das war offensichtlich. »Patrick, ich...«, wollte sie retten, was noch möglich war.

»Nein Claudia, du brauchst in keiner Weise ein schlechtes Gewissen zu haben. Du wirst immer als attraktive, schätzenswerte und liebenswerte Frau in meiner Erinnerung bleiben und ich wünsche dir vom Herzen alles Gute und...«, Patrick räusperte sich noch einmal, »...noch viele glückliche, sorgenlose Ehejahre. Mach's gut Claudia!«

»Patrick, ich wünsche dir auch nur das Beste!«, brachte Claudia nur noch heraus. Er hatte sie aufgegeben, wollte sich nicht in ihre ohnehin schon kriselnde Ehe mischen und beendete hiermit den Kontakt. Claudia war seit ihrem Krankenhausbesuch klar gewesen, dass sie und Patrick keine Zukunft hätten, aber es so direkt seinem Munde zu hören, tat entsetzlich weh.

Sie hörte Patrick tief aufstöhnen und dann nur noch das »Tüt-tüt«. Patrick hatte das Gespräch, ihre beginnende Beziehung und ihren Kontakt beendet.

Tränenüberströmt klappte Claudia ihren Laptop zusammen und ging ins Bett. Es hatte keinen Sinn, jetzt eine romantische Liebesgeschichte schreiben zu wollen. Obwohl ihr Ehemann sie betrogen und belogen hatte, stand ihr selbst das Recht auf Glück nicht zu.

KAPITEL 21

Claudia besuchte Lukas nochmal einen Tag später im Krankenhaus. Lukas war fröhlich, flirtete mit ihr und schmiedete bereits Pläne für die gemeinsame Zeit nach dem Krankenhaus. Er redete sogar von Familiengründung, obwohl sie sich mit Claudias Autorentantiemen gerade mal über Wasser halten konnten. Um Lukas' Genesung und seelische Stabilität nicht zu gefährden, sprach sie auch die finanziellen Probleme nicht an. Als Claudia nach Hause kam, geistern wieder die intelligenten dunkelblauen Augen von Patrick durch ihre Gedanken. Sie schüttete den Kopf, um alle Erinnerungen an ihn zu verscheuchen.

Nach zwei Tagen stand Lukas um die Mittagszeit in ihrem Wohnzimmer. Claudia hatte sich in den letzten drei Stunden mühsam gequält, ihren Liebesroman mit einem Hauch von Romantik und Hoffnung weiterzuschreiben. Ihr Gefühl war durch Trauer und Verzweiflung geprägt. Mit all ihrer Konzentration besann sie sich währenddessen auf das in mehreren Kursen erlernte Wissen über das Verfassen von unterhaltener

Literatur, damit sie mit dem Schreiben ihres Manuskriptes überhaupt weiterkam.

»Liebling, ich bin wieder da. Nun kann unser gemeinsames Leben beginnen.« Lukas platzte in Claudias Konzentration. Er stürzte sofort rücksichtslos auf sie zu, um sie zu umarmen. Er spürte in seiner Selbstüberschätzung nicht, wie sie zurückwich. »Komm, Claudia, lass dich drücken! Ich bin endlich wieder zu Hause und alles ist gut.«

Claudia wehrte sich nicht, obwohl sie ihre Tränen mühsam zurückhalten musste, als er sie fest umarmte. Es war ihr nicht mehr möglich, eine Ehe mit ihm zu führen, aber sie hatte vorerst keine Wahl und musste dieses falsche Spiel mitspielen, wie ihr der Oberarzt dringend geraten hatte.

»Claudia, Schatz, ich bin wieder völlig gesund und vielleicht sollten wir das heute feiern. Der Neubeginn und meine vollständige Genesung. Was hältst du davon?«, Lukas strahlte nur so von Fröhlichkeit und Unbekümmertheit. Wie konnte ein solch überschwänglich fröhlicher Mensch noch vor drei Tagen so niedergeschlagen gewesen sein, dass er sein Leben ernstlich beenden wollte?

»Das ist eine gute Idee«, antwortete Claudia zögerlich. »Lass uns etwas essen gehen oder soll ich lieber etwas Schönes für uns kochen?«, schlug sie vor.

Mit einem Ruck hob Lukas Claudia hoch und trug sie schnellen Schrittes in ihr Schlafzimmer. »Vergiss das Essen. Wir können diesen Anlass doch viel schöner feiern.«

»Halt, Lukas!« Claudia strampelte auf seinem Arm.

»Was ist, Claudia? Willst du es romantischer oder soll ich dich erst erobern? Ich bin für alles offen.«

Claudia huschte die Warnung von Herrn Dr. Paoli durch den Kopf, dass sie ihrem Ehemann Ruhe und Sicherheit zur psychischen Stärkung geben sollte. Während sie noch mit sich kämpfte, wie sie mit dieser Situation umgehen sollte, begann Lukas bereits, ihr die Kleidung förmlich vom Körper zu reißen. Ihre Bluse zerriss.

»Lukas, höre damit auf. Ich bin nicht in Stimmung«, wehrte sich Claudia jetzt.

»Ich will dich, Claudia! Ich brauche dich! Claudia, als meine Ehefrau solltest du dich nicht dagegen wehren, zumal es dir doch immer gefallen hat.« Lukas flehte und forderte gleichzeitig.

Lukas öffnete ihre Hose und Claudia schloss voller Ekel und Hin- und Hergerissenheit die Augen. Er nahm keine Rücksicht auf sie, sondern nahm nur seine eigenen Wünsche wahr. Das war immer so gewesen und Claudia hatte ihn so kennen gelernt und geheiratet. Durfte sie ihn plötzlich zurückweisen, weil ihr die Falschheit seines Verhaltens plötzlich zuwider geworden war? Lukas hatte sich nicht verändert, sondern sie. Zudem hatte sie sich bereits in einen anderen Mann verliebt. Patrick!

Lukas zog an ihrer Unterhose, sodass sie ebenfalls zerriss. Da ihr BH elastisch und stabil war, musste er ihn öffnen, um ihn ausziehen zu können. Alles in Claudia wehrte sich dagegen, nach alldem, was er ihr angetan hatte, mit Lukas zu schlafen, aber ihre innere Zerrissenheit machten sie handlungsunfähig.

Nun entkleidete sich Lukas. Er knöpfte hektisch sein Hemd aus, zog es aus, öffnete seine Hose und zog sie herunter. Seine Unterhose und seine Strümpfe landeten achtlos auf dem Schlafzimmerteppich.

Hart ergriff er die bewegungslose Claudia an den Oberarmen. »Du weißt, dass ich der einzig Richtige für dich bin und du darfst mich nie verlassen!« Lukas sprach laut und Wut lag in seiner Stimme. Zudem wurde sein Griff so hart, dass Claudia endlich aufschreien konnte.

»Lass mich los, du tust mir weh!«, war Claudia endlich im Stande, sich zur Wehr zu setzen.

Überrascht schreckte Lukas zurück und ließ ihre Arme los. »Gut, das war vielleicht ein wenig zu leidenschaftlich. Jetzt weißt du wenigstens, wie sehr ich dich begehre und liebe!«, reagierte ihr Ehemann amüsiert.

»Genau wie die Frauen, die du für ihre Liebesdienste bezahlt hast«, entfuhr es Claudia.« Sie strampelte sich frei und stand auf.

»Was soll das jetzt?«, Lukas' Stimme nahm einen warnenden Ton an. Er stellte sich vor ihr auf und stützte seine Hände in die Seiten. »Das hatte gar nichts mit meiner Liebe für dich zu tun. Zudem wollten wir doch neu beginnen, dachte ich. Wenn du weiterhin mit den alten Geschichten kommst, kann ich für nichts garantieren.«

»Willst du mich mit Drohungen zwingen, deine Wünsche zu erfüllen?« Obwohl Claudia dauernd die Warnung von Dr. Paoli durch den Kopf ging, konnte sie sich nicht mehr zurückhalten. Lukas verlangte eindeutig zu viel.

»Ich will dir nicht drohen, aber ich brauche dich, um wieder gesund zu werden«, versuchte es Lukas jetzt mit der Anspielung auf seinen Selbstmordversuch. »Wir waren doch noch vor ein paar Wochen zusammen im Bett, warum sträubst du dich denn plötzlich?«

»Wir wollten neu anfangen, aber nicht alles überstürzen«, erklärte Claudia ruhiger, immer die Warnung des Oberarztes im Kopf.

»Claudia, gibt es einen anderen Mann?«, Lukas ging einen großen Schritt auf sie zu und seine Stimme war eiskalt.

Claudia stockte. Nein, es gab keine Affäre oder Beziehung, die Lukas fürchten musste, aber im Grunde war sie ihm auch nicht treu gewesen. Wenn sie ihn jetzt anlügen würde, wäre sie auch nicht besser als er. Dennoch würde die Wahrheit Lukas nur schaden.

Doch bevor sie eine ausweichende Antwort formulieren konnte, ertönte ihr Handy. Jemand hatte ihr eine SMS geschickt, und obwohl Claudias Herz vor Freude hüpfte, befürchtete sie auch, dass es eine verräterische SMS von Patrick sein könnte.

»Wer schreibt dir eine Nachricht auf dein Handy?«, fragte Lukas, der schon zu ihrem Schreibtisch lief, auf dem ihr Handy lag, ohne eine Antwort von Claudia abzuwarten.

KAPITEL 22

Bevor Claudia es verhindern konnte, hatte sich Lukas schon ihr Handy vom Schreibtisch gegriffen. Mit einem auflodernden Zorn, der Lukas umgab, drückte er auf die Einschalttaste ihres Mobiltelefons.

Claudia war ihm zwar hinterhergerannt, hatte aber die Verfolgung im Türrahmen des Arbeitszimmers aufgegeben. Es würde ihr auch nichts mehr helfen, Lukas jetzt ihr Handy zu entreißen, bevor er die SMS lesen konnte. Claudia hoffte inständig, es möge eine Werbenachricht ihres Mobilfunknetzanbieters oder eine Nachfrage ihres Verlages sein.

Während Lukas die SMS las, war nur das Klacken zu hören, wenn er im SMS-Text weiterblätterte. Es musste eine längere Nachricht sein, schloss Claudia daraus. Die paar unheilvoll stillen Sekunden, in denen Lukas auf das Display ihres Handys schaute, zogen sich wie ein dünnes Gummiband, das jeden Moment zu zerreißen drohte.

Mit Schrecken konnte Claudia währenddessen beobachten, dass sich Lukas'

Kiefermuskeln anspannten. Er biss offensichtlich die Zähne wütend aufeinander.

Plötzlich holte Lukas aus und warf ihr teures Mobiltelefon mit all seiner aus der Wut resultierenden Kraft gegen die Wand. Während Claudia instinktiv die Hände vor ihr Gesicht hielt, hörte sie nur noch ein lautes Knallen und unmittelbar danach das Zerbrechen von Plastik. Lukas war ein muskulöser Mann, der regelmäßig in der örtlichen Fitnessgruppe trainierte. Claudia war daher sofort klar, dass ihr Handy als solches kaum noch zu erkennen und keinesfalls mehr zu benutzen sein würde. Sie ahnte zudem, dass die SMS von Patrick gekommen sein musste. Sie wusste jedoch nicht, was ihr mehr leidtat: ihr geschrottetes Handy oder der Verlust von Patricks nun nicht mehr lesbaren SMS.

Vorerst galt ihre größte Aufmerksamkeit jedoch noch Lukas, der langsam auf Claudia zukam. »Wer ist Patrick?«, zischte er sie an.

»Ein Mitglied unserer Reisegruppe in Irland«, antwortete Claudia wahrheitsgemäß und versuchte, in einem möglichst beiläufigen Tonfall zu reden.

»Er hat dir seine neue Anschrift und Telefonnummer aus Irland geschickt. »Falls du dich doch umentscheiden solltest«, stand dabei.« Lukas erinnerte Claudia nun an einen wütend schnaubenden Stier, der gleich zum Angriff übergehen würde.

Eine schnelle Ausrede war gefordert: »Patrick ist ein Schriftsteller, so wie ich auch. Er wollte mit mir zusammen einen Roman über...«, Claudia sprach langsam und überlegte fieberhaft, welche Begründung am Glaubhaftesten klingen würde, »...über die Schönheiten und die Leute in Irland verfassen. Er bleibt einige Zeit dort, daher hat er sich dort wohl ein Haus gemietet oder gekauft. Ich habe Patrick gesagt, dass ich erst einmal meinen Liebesroman zu Ende schreiben muss, da sonst eine Verlagsstrafe von meinem Verlag auf mich zu käme.« Claudia atmete tief durch. Sie hatte stockend geredet und hoffte, Lukas würde ihre Lüge nicht enttarnen. Sie war keineswegs stolz auf ihre Ausflüchte. Alles in ihr drängte sie, Lukas die Wahrheit zu erzählen, aber die Warnung des Oberarztes klang immer und immer wieder wirksam in ihrem Kopf nach.

»Das war also alles?« bohrte Lukas nach. »Es ging um ein gemeinsames Buchprojekt?«

Claudia merkte, dass er offensichtlich bereit war, ihr die Lüge zu glauben. Sie wurde sicherer. »Na, klar. Autoren verfassen häufiger gemeinschaftlich ein Buch.«

»Dann ist es wohl auch kein Problem, dass du seine aktuelle Anschrift nicht mehr erhalten wirst. Wir wollten uns jetzt doch mit unserer Beziehung beschäftigen, und ich verspreche dir, mein Schatz, dass du kaum noch den Sinn oder die Zeit für etwas anderes finden wirst.« Lukas kam auf Claudia zu und wollte sie am Hals küssen, doch sie wich zurück.

»Die Anschrift von ihm ist nicht wichtig«, log Claudia mit sicherer Stimme, obwohl ihr Herz dabei zu zerspringen drohte. »Aber dein Gewaltausbruch gefällt mir überhaupt nicht. Ich hatte wichtige Telefonnummern und Daten von meinem Verlag auf diesem Handy. Sie sind jetzt auch zerstört.«

»Tut mir leid, Claudia. Du weißt doch, dass ich im Grunde nicht zu Gewalt neige. Aber ich bin noch etwas durcheinander, was du sicher verstehen kannst. Ich versuche gerade, wieder positiv zu denken und dann kommt eine SMS, die mich glauben lässt, jemand wolle mir meine Frau wegnehmen. Das könnte ich nicht verkraften. Ich freue mich so sehr, dass ich dich kennen lernen und lieben durfte. Dafür werde ich den Rest meines Lebens dankbar sein.« Claudia schluckte. Sie konnte nicht umhin sogar ein wenig beeindruckt von seiner für ihn ungewöhnlich feinfühligen Liebeserklärung zu sein. Sie ahnte nicht, dass Lukas diese beiden Schlusssätze voll diebischer Freude von Patricks SMS übernommen hatte.

Nachdem Lukas Patricks Nachricht an Claudia gelesen hatte, war ihm klar gewesen, dass seine Frau und dieser Mann mehr als eine Reisebekanntschaft verbanden. Das Zerstören von Claudias Handy und somit den ausgetauschten Kontaktdaten hielt Lukas für das sicherste Mittel, das Band zwischen diesem Mann in Irland und seiner Frau endgültig zu trennen.

Claudia hingegen fühlte sich zu Lügen und der Aufrechterhaltung ihrer im Grund zerrütteten Ehe gezwungen. In ihr stieg plötzlich Übelkeit wie heißer Dampf hoch. Sie rannte los und erreichte gerade noch die Kloschüssel, bevor der Rest ihres Frühstücks ihren zitternden Körper verließ.

Erschöpft blieb Claudia auf dem Badezimmerboden sitzen. Hier auf dem kühlen Untergrund hoffte sie auf Ruhe und Klarheit in ihrem Gedankenkarusell.

Doch schon stand Lukas im Badezimmertürrahmen. »Kann ich dir helfen, mein Schatz? Du hast dir wohl eine Magen-Darm-Erkrankung aus Irland mitgebracht«, frohlockte Claudias Ehemann offensichtlich.

»Lass mich bitte einfach in Ruhe«, bat Claudia erschöpft, »Nach ein paar Minuten wird es mir bestimmt besser gehen.«

Als Claudia nach über einer Stunde erst aus dem Badezimmer kam, litt sie noch immer unter leichter Übelkeit und Bauchkrämpfen. Allerdings befand sich inzwischen nichts mehr in ihrem Magen, das herausbefördert werden könnte. Claudia wusste nicht, ob dies durch ihre üble momentane Situation oder tatsächlich einem Magen-Darm-Virus hervorgerufen worden war. Sie teilte Lukas mit, dass sie sich erst einmal ins Bett legen würde und Ruhe bräuchte.

So unangenehm diese Beschwerden auch waren, so viel Ruhe brachten sie Claudia dennoch ein.

Die nächsten Tage ließ Lukas sie in Ruhe und versuchte nicht mehr, die ehelichen Pflichten von ihr zu fordern. Eine Woche lang lag Claudia tagsüber im Bett, denn jedes Mal, wenn sie aufstand und sie ihren vor Gesundheit und Fröhlichkeit strotzenden Ehemann sah, drehte sich ihr der Magen um.

In den Nächten, wenn Lukas schlief, arbeitete sie mit viel Mühe und wenig Konzentration an ihrem Manuskript. Nach einer Woche war es endlich fertig, kontrolliert, korrigiert und konnte an den Verlag geschickt werden.

Nachdem Claudia sich am folgenden Tage nach der langen Nachtarbeit erst einmal ausgeschlafen hatte, entschloss sie sich, das erste Mal seit einer Woche wieder die Villa zu verlassen.

KAPITEL 23

Jedoch auch Patrick hatte Claudia nicht vergessen können. Obwohl er sie bei ihrer Entscheidung bezüglich ihrer Ehefortführung nicht beeinflussen wollte, fiel es ihm schwer, keinen Kontakt zu ihr aufzunehmen. Nachdem er Claudia vor einigen Tagen seine neue Anschrift und Telefonnummer geschickt hatte, wartete er sehnsüchtig auf ein »Erhalten«, ein »Danke« oder womöglich sogar einen Anruf. Patrick machte sich Sorgen um sie, denn ihr Ehemann hatte ihre Gutmütigkeit schamlos für seine Ziele ausgenutzt. Offensichtlich war er weder in der Lage, sein Leben selbst zu organisieren, noch seine Frau ohne solche dramatischen Maßnahmen zu halten. Patrick fühlte, dass da irgendetwas nicht gut lief.

Von Tag zu Tag wurden Patricks Sorgen um Claudia größer. Es entsprach nicht ihrer Art, auf seine SMS überhaupt nicht zu reagieren. So wählte er nach ein paar Tagen erneut Claudias Handynummer an. Patrick wurde jedoch nur von einer weiblichen Computerstimme darüber informiert, dass dieser Anschluss vorübergehend nicht erreichbar ist. Patrick wurde noch unruhiger. Hoffentlich hatte ihr

Mann nichts von dieser Nachricht mitbekommen, in der er deutlich von seinen Gefühlen gesprochen hatte. Patrick war sich keineswegs sicher, dass ihr offensichtlich schwacher Ehemann nicht zu Gewaltausbrüchen fähig war.

Glücklicherweise musste er in Deutschland noch seine Mietwohnung in der Nähe von Claudias Wohnort, auflösen, einige Gegenstände sowie Möbel in sein neues Haus nach Irland schicken und die Ummeldung vornehmen. Somit könnte er einige Tage in Deutschland bleiben und die Zeit nutzen, um sich zu vergewissern, dass es Claudia gut ginge.

KAPITEL 24

Als Lukas am frühen Nachmittag zu seinem Sporttraining gegangen war, verließ Claudia ihr Bett. Sie wollte spazieren gehen und hoffte, ihre Gedanken an der frischen Luft ein wenig ordnen zu können. Zu ihrer Erleichterung schien ihr Magen sich ruhig zu verhalten und auch die Übelkeit war in der leeren Villa erstaunlicherweise völlig verschwunden. Claudia duschte sich, band ihr Haar lieblos nach hinten, zog bequeme Kleidung sowie Schuhe an und verließ kurze Zeit später das Haus.

Es war ein schöner Sommertag. Die Vögel unterhielten sich zwitschernd in den Baumkronen und wärmende Sonnenstrahlen ließen die Natur lächeln. Claudia lief schnell und sah sich kaum um. Sie wusste, dass sie sich über die lebendige Natur hätte freuen sollen, aber sie fühlte nichts. Straße um Straße rannte Claudia ab und wünschte sich eine betäubende körperliche Erschöpfung oder ein Wunder, um endlich ihren Liebeskummer und die hilflose Verzweiflung in ihrem Inneren dämpfen zu können. Ein sanfter Wind kühlte ihre Stirn und verhinderte, dass sie zu schwitzen begann.

Nach über einer Stunde steuerte sie ein Stehcafé an, dass den ganzen Tag über gut besucht war. Dort könnte sie etwas trinken und sich hinter den anderen Gästen verstecken. Keiner würde sie dort ansprechen.

Das Café war tatsächlich auch an diesem Tage sehr voll. Claudia bestellte sich einen großen Milchkaffee und stellte sich an einen kleinen noch freien Bistrotisch. Sie schaute sich nicht um. Claudia wollte niemand treffen und sich auch nicht unterhalten.

»Ich habe Sie nicht verstanden, junger Mann. Könnten Sie bitte etwas lauter sprechen?«, bat die weibliche Bedienung an der Kasse mit durchdringender Stimme hinter ihr.

Claudia zuckte zusammen und schaute sich instinktiv um. Das Café war jedoch so voll, dass sie keinen freien Blick auf die Kasse hatte. Eigentlich sollte es sie auch nicht interessieren, was dort geschah. Claudia hatte genug eigene Probleme. Claudia schüttelte den Kopf und nahm ihre Milchkaffeetasse in die Hand. Sie freute sich schon auf den warmen, anregenden Kaffee.

»Ich sagte, dass ich gerne einen schwarzen Tee mit Milch hätte«, bestellte ein Herr mit einer lauten, klaren Stimme.

Claudia erschrak erneut und drehte sich erneut ruckartig um. Diese starke, dunkle Stimme kannte sie doch? Ihre Volle Milchkaffeetasse schwappte über, sodass die heiße, hellbraune Flüssigkeit über ihre rechte Hand lief. Mit einem leisen »Autsch« stellte Claudia die Tasse unsanft auf den Bistrotisch. Als sie wieder aufschaute, blickten sie genau die zwei dunkelblauen Augen an, die sie einfach nicht vergessen konnte. Immer noch unsicher, ob es sich tatsächlich um einen perfekten Doppelgänger oder das Original handelte, versuchte sie jetzt doch, einen Blick auf die Kasse und den Kunden dort erhaschen zu können. Als Claudia einen Schritt zurückging, sah sie ihn endlich. Sie starrte fassungslos den Mann an der Kasse an, der eilig seinen Tee bezahlte. Dann ergriff er ein paar Papierservietten und ging mit einem verschmitzten Gesichtsausdruck geradewegs auf Claudia zu.

»Dies ist eine Serviette. Damit putzt man sich den Mund ab oder auch verschütteten Kaffee weg«. Mit einem neckischen Lächeln hielt er

Claudia die weiße Papierserviette hin. »Vor allem ist solch eine Serviette sinnvoll, wenn man aus Schreck vor nicht abschüttelbaren Reisebekanntschaften gleich den heißen Kaffee verschüttet.«

»Was machst du denn hier in Deutschland und in diesem Café?«, fragte Claudia ihn noch immer völlig fassungslos.

»Ich wollte herausfinden, warum du nicht auf meine Nachricht geantwortet hast«, zwinkerte Patrick ihr zu. »Aber nimm doch erst einmal diese Serviette, die ich dir schon die ganze Zeit hinhalte.«

»Ja, danke!«, stammelte Claudia und ergriff die Serviette, um sie dann achtlos vor sich auf den Bistrotisch zu legen.

»Ich sehe schon, du benötigst dringend eine Gebrauchsanleitung für die Benutzung einer caféüblichen Einwegserviette. Man nehme die Serviette und falte sie bei Bedarf nochmal zusammen, damit die Saugwirkung bei kleinen von Flüssigkeiten zu reinigenden Flächen stärker wird.« Mit geschickten Händen und einem Zwinkern in den Augen faltete er eine zweite Serviette diagonal zusammen. Seine Vorführung erweckte den Anschein, in einer amerikanischen Werbeshow zu sein. Sanft wischte er dann den Milchkaffeerest von Claudias Handrücken. Sie musste gegen ihren Willen lächeln. »Patrick, du solltest nicht Bauer, Reitlehrer und Hotelbetreiber werden, sondern Schauspieler.«

»Mit meinen Fähigkeiten kann ich gleich alle vier Berufe auf einmal ausüben.« Nach dem Vorbild eines Gorillamännchens trommelte sich Patrick auf die Brust.

Das erste Mal, seit sie wieder in Deutschland war, lachte Claudia.

»Claudia, wie schön, dich fröhlich zu sehen. Nachdem du auf meine SMS nicht reagiert hattest und ich dich danach nicht mehr telefonisch erreichen konnte, habe ich mir große Sorgen gemacht. Vermutlich war es einfach nur dumm von mir, dir als verheiratete Frau meine romantischen Gefühle zu gestehen. Ich hatte schon befürchtet, dein Mann hätte die Nachricht gelesen und sich oder dir dann etwas angetan.« Patrick redete hektisch und holte kaum Atem zwischen den Sätzen. Claudia spürte förmlich seine Angst um sie, die sich nun in seiner Sprachgeschwindigkeit entlud.

Sie liebte ihn, sein Temperament, seine interessierten dunkelblauen Augen und seine Aufrichtigkeit so sehr. »Mein Mann hat deine SMS tatsächlich gelesen und daraufhin mein Handy gegen die Wand geworfen.«

Patricks Gesicht zeigte pures Erschrecken und Sorge. Seine Stirn war in tiefe Längsfalten gelegt und sein Mund öffnete sich, als ihm ein »Oh, mein Gott!« entfuhr.

»Es tut mir so leid, wenn ich dir durch meine SMS Probleme gemacht habe. Ich dachte nicht, dass dein Ehemann so...«, Patricks Stimme versagte. Er räusperte sich und fuhr fort. »Doch, ich muss zugeben, ich hatte Angst, dass er sehr heftig auf meine Nachricht reagieren würde, wenn er sie lesen sollte.«

Claudia genoss das Gefühl, dass sich jemand um sie sorgte, und reagierte daher erst nach einer kurzen Pause. »Mach dir keine Sorgen, Patrick. Mein Mann hat mir gesagt, dass du mir deine neue Anschrift und Telefonnummer in Irland geschickt hast. Ich erzählte ihm, dass wir überlegt hätten, ein Buch über Irland zusammen herauszugeben und ich bereits abgelehnt hätte. Damit war auch deine »Falls du dich noch umentscheiden solltest«-Bemerkung erklärt.«

Patrick schaute Claudia sehr verwirrt an. Er fuhr sich mit seiner rechten Hand über die Stirn und fragte dann leise: »Zu meinen letzten beiden verräterischen Sätzen hat dein Mann nichts gesagt?«

»Welche letzten beiden Sätze?«

»Moment, ich schaue eben in mein Handy unter den versendeten Nachrichten.« Geschickt holte Patrick sein kleines, einfaches Mobiltelefon aus der rechten Hosentasche und tippte zielsicher darauf herum. »Da habe ich sie. Am Ende steht: »Ich freue mich so sehr, dass ich dich kennen lernen und lieben durfte. Dafür werde ich den Rest meines Lebens dankbar sein.« Ich kann mir nicht vorstellen, dass dein Mann diese, nun ja, Liebeserklärung einfach kommentarlos geschluckt hat.«

Claudia verschluckte sich. Schon wieder war sie auf eine Lüge von Lukas gestoßen. Nachdem sie heftig gehustet hatte, antwortete sie mit einer noch belegten Stimme: »Nein, er hat diese Sätze genutzt, um sie mir zu sagen, ohne den eigentlichen Absender anzugeben.«

Plötzlich begriff Claudia den Umfang dieser Aussage. »Patrick, du liebst mich?«

»Ja, meine Liebe.« Patricks Augen strahlten, während sie Claudia hoffnungsvoll anschauten.

Beinahe wäre sie ihm um den Hals gefallen und hätte ihm auch ihre Liebe gestanden. Patrick hatte es ernst gemeint. Er wollte mit ihr zusammen in Irland leben. Claudias Herz klopfte vor Freude und Erleichterung. Ihr Glück befand sich unmittelbar vor ihr. Er stand nur eine Umarmung weit weg.

KAPITEL 25

Aber plötzlich schoss ihr wieder die Ermahnung des Oberarztes vom St.-Eustasius-Krankenhaus durch die Gedanken. Das Leben eines Menschen wäre ernsthaft gefährdet, wenn sie jetzt nur an sich selbst dächte. Claudia durfte ihren Gefühlen nicht nachgeben. Leider blieb ihr keine Wahl. Es wäre daher besser, Patrick würde sie endgültig aufgeben. Vielleicht könnte dann auch ihr Herz ihn irgendwann loslassen.

Sie durfte ihm ihre Liebe nicht gestehen. Es war falsch und könnte Lukas das Leben kosten. Claudia schluckte.

»Patrick, ich mag dich auch gerne. Du bist ein wirklich einzigartiger Mann, aber ich habe leider andere Pläne für meine Zukunft.« Claudia musste schon wieder lügen. Inzwischen hatte sie eine ungefähre Vorstellung davon, wie leicht man sich in ein Geflecht von dauernden Unwahrheiten verfangen konnte. »Sieben Jahre Ehe möchte ich nicht so einfach wegwerfen. Außerdem würde ich nicht nach Irland ziehen wollen.«

»Claudia, wenn du möchtest, bleibe ich mit dir genauso gerne in Deutschland. Ich kann auch hier einen Reiterhof eröffnen und...«

Doch Claudia winkte ab. »Bitte, Patrick, mache es uns nicht so schwer. Ich kann nicht mit dir zusammen sein.«

Patricks Gesicht verzog sich schmerzhaft. »Ach, so!«, stammelte er verwirrt. Er holte tief Luft. »Es tut mir leid, dass ich dich nicht in Ruhe lassen konnte. Ich habe mir Sorgen um dich gemacht. Wenn es dir jedoch gut geht und du mit deiner Situation hier zufrieden bist, kann ich beruhigt meine Wege gehen.« Es klang nicht echt, dafür aber umso rücksichtsvoller. Patrick wartete jedoch Claudias Antwort nicht ab, sondern redete weiter, um seinen Schmerz vor ihr nicht zulassen zu müssen: » Da ich endlich in Irland ein Haus mit einem schönen großen Grundstück gefunden und gekauft habe, brauche ich auch den Urlaub in Irland nicht mehr. Ich werde bald nur noch in dem schönen Land leben, meine Pflanzen streicheln und die Pferde reiten. Bei dem vielen Menschenkontakt, den ich durch meinen Reiterhof haben werde, lerne ich bestimmt bald wieder eine Frau kennen, auch wenn...«,

Patrick schluckte, schaute Claudia erschrocken an und schwieg.

Seine Augen schimmerten und waren ebenso feucht, wie das regnerische Land Irland, das seine Wunschheimat werden würde.

»Patrick, es tut mir so leid!«, sagte Claudia leise.

»Ach, das muss es nicht, Claudia. Komm, lass dich noch einmal freundschaftlich drücken und dann verschwinde ich für immer aus deinem Leben.« Patrick trat einen Schritt auf sie zu, zögerte einen Moment und umarmte sie mitten in dem vollen Stehcafé so innig, dass Claudia nichts mehr um sie herum wahrnahm. Für sie war dies das letzte bisschen Paradies, ehe zu Hause wieder die Hölle mit Lukas losgehen würde.

Nach ein paar Minuten löste sich Patrick. »Machs gut, Claudia«. Er ließ seine halb volle Teetasse und Claudia gleichermaßen hilflos stehen und rannte aus dem Café.

Claudia liefen Tränen über die Wangen. Nun hatte sie ihr Ziel erreicht. Patrick würde nicht wiederkommen. Sie hatte ihn von sich gestoßen. Erreichen konnte Claudia ihn auch nicht mehr, denn seine Anschrift war in ihrem zersprungenen Handy für immer verschollen. Sie hatte gelogen, um ihren Mann zu schützen. Claudia hatte Patrick verletzt sowie belogen und sich selbst um ihr großes Glück betrogen.

KAPITEL 26

Noch zerschlagener als zuvor kam Claudia eine Stunde später nach Hause und wurde bereits von Lukas erwartet.

»Ich habe mir Sorgen um dich gemacht, Claudia. Seit Tagen geht es dir nicht gut und plötzlich bist du verschwunden.« Im Gegensatz zu Patricks echter Fürsorge klangen Lukas Worte nur vorwurfsvoll.

»Ich wollte nur ein wenig frische Luft schnappen. Da es mir tatsächlich noch nicht so gut geht, lege ich mich gleich wieder ins Bett.« Claudia hoffte, auch weiterhin mit dieser Ausrede vor Lukas und seinen Wünschen an sie flüchten zu können.

Lukas schaute sie jetzt teils grübelnd, teils verärgert an. »Ich verstehe nicht, dass du spazieren gegangen bist, wenn es dir noch immer nicht gut geht. So langsam solltest du zum Arzt gehen, damit du wieder gesund wirst. Es wird nämlich schwierig, unsere Ehe neu aufleben zu lassen, wenn du nur noch krank im Bett liegst.«

Claudia wusste genau, worauf Lukas anspielte und ahnte auch, dass er wieder mit dem Gedanken spielte, ins Etablissement zu gehen. Im Grunde war es Claudia inzwischen egal, was er tat und mit wem. Auf ihre Konten hatte er keinen Zugriff mehr. Wenn er von irgendwoher das Geld für solch ein teures Vergnügen dennoch zusammenbekommen sollte, war ihr das inzwischen nur Recht. Das würde für sie weniger Drängen und mehr freie Zeit ohne ihn bedeuten.

»Claudia, hast du mich verstanden?«, fragte Lukas nochmal nach, weil sie nicht reagierte.

»Natürlich habe ich dich gehört. Wie du dir vielleicht vorstellen kannst, ist eine Magen-Darm-Erkrankung keineswegs eine angenehme Angelegenheit, die man so lange wie möglich herausziehen möchte. Also ist mir nicht klar, was du mir damit sagen solltest. Dennoch finde ich es nett, dass du dir Sorgen machst. Jetzt ruhe ich mich jedoch erst einmal ein wenig aus.« Ohne Lukas noch weitere Möglichkeiten zur Diskussion zu bieten, verschwand Claudia im gemeinsamen Schlafzimmer.

Sie fiel in einen erschöpften Schlaf mit lebhaften Albträumen.

KAPITEL 27

Als sie am Abend wach wurde, war es schon dunkel draußen. Claudia schien in den letzten Tagen tatsächlich kraftloser geworden zu sein. Es wurde dringend Zeit, dass sie sich wieder zusammenriss und sich mit den Gegebenheiten in ihrem Leben arrangierte. Sie hatte sich noch nie so lange hängen lassen und schämte sich daher ein wenig, sich diesmal so schwach gezeigt zu haben.

Claudia kletterte aus dem Bett. Wieso war es so ungewöhnlich still in ihrer Villa? Kein lautes Fernsehprogramm, keine Zisch- oder Knallgeräusche aus einem Computerspiel und noch nicht einmal die übliche Metalmusik ihres Ehemannes. Aber hörte sie da nicht Lukas im Arbeitszimmer flüstern?

Leise schlich sich Claudia zur Tür des Arbeitszimmers und versteckte sich dahinter. Sie versuchte, Lukas' gesenkte Stimme zu verstehen. Er telefonierte offenkundig. Claudia fühlte sich nicht wohl, ihn unbemerkt zu belauschen. Dennoch musste sie in Erfahrung bringen, was Lukas jetzt gerade wieder vor ihr zu verheimlichen versuchte.

Vor ein paar Tagen noch wollte er sich noch das Leben nehmen, weil er mit der Trennung von ihr nicht klarkäme, und nun schien er schon wieder Geheimnisse am Telefon zu besprechen. Luks versuchte offensichtlich vor ihr etwas zu verbergen und Claudia war erfreut, von ihrem Versteck aus Lukas' leisen Worte verstehen zu können.

»Ja, es hat funktioniert!« Lukas' Tonfall klang triumphierend.

Claudia bedauerte, nur Lukas' Antworten, nicht aber die seines Gesprächspartners oder womöglich Gesprächspartnerin verfolgen zu können. Dennoch verharrte sie ruhig hinter der Arbeitszimmertür und hoffte, durch Lukas' Antworten Hinweise auf seine neuesten Lügen erhaschen zu können.

»Nein, nein, natürlich nicht. Ich halte grundsätzlich meine Versprechen ein!« Lukas beteuerte dies mit einer solch überzeugenden Stimme, dass Claudia davon ausging, dass der Telefonpartner ihm glaubte.

Das war das Gefährliche an Lukas. Er spielte den ehrlichen Jungen und sogar sie selbst war so lange darauf hereingefallen. Wie war das beispielsweise mit seinem Eheversprechen gewesen, das Lukas ihr am Tage ihrer Hochzeit mit dem Ton der unerschütterlichen Überzeugung gegeben hatte? Treue und Liebe? Claudia musste sich beherrschen, um nicht in ihrem Versteck bitter aufzulachen.

»Die Rechnung werde ich vollständig vernichten.« Lukas' Versprechen am Telefon klang jedoch eher wie ein »Lass mich endlich damit in Ruhe«.

Um welche Rechnung handelte es sich jedoch dabei? Claudia ahnte Schlimmes. Lukas würde jetzt doch nicht etwa illegale Geschäfte abwickeln, nur um keiner anständigen Arbeit nachgehen zu müssen?

»Nein, Ihre Frau wird nichts davon erfahren und Sie weiter für einen treuen, sie liebenden Ehemann halten.«

Erstaunlich, dass irgendwo in Lukas' Unterbewusstsein der Eheschwur doch noch vor sich hinzudümpeln schien. Claudia vermutete nicht ohne Erleichterung, dass es sich bei dieser umstrittenen Rechnung »nur« um einen weiteren Abend in einem Etablissement gehandelt haben musste.

»Ja, da haben Sie Recht«, Lukas lachte leise auf. »Claudia wird zukünftig auch nicht mehr an Trennung denken. Es ist doch gut für uns beide gelaufen. Wir hatten unseren Spaß und konnten unsere Ehefrauen zudem behalten.«

Claudia zog die Luft tief ein. Was sollte das bedeuten? Sie würde nicht mehr an Trennung denken? Claudia dachte an nichts anderes mehr und wartete nur noch auf den Tag, an dem Lukas psychisch stabil genug wäre, die Scheidung zu verkraften. Moment einmal, Lukas schien mit seinem Telefonpartner irgendetwas ausgeheckt zu haben, damit die Frauen unwissend und voller Mitleid bei ihnen blieben. Claudia beschlich eine dunkle Ahnung, die sie jedoch nicht glauben wollte. So hinterhältig konnte ihr Ehemann doch nicht sein, oder?

»Sehen Sie, so eine kleine Lüge, um die Freundschaft und unsere Ehen zu erhalten, war doch gar nicht so schlimm.« Lukas flüsterte inzwischen kaum noch, sondern hatte seine arrogante, männlich starke Stimme wiedererlangt. »Zwar frage ich mich noch heute, ob das unangenehme Magenauspumpen tatsächlich bei nur zwei

Schlaftabletten nötig gewesen war, aber so ist unser Plan doch gut aufgegangen.«

Am liebsten hätte sich Claudia hingesetzt, was ihr jedoch hinter der Arbeitszimmertür nicht möglich war. Sie schnappte erneut nach Luft. Nun wusste sie, wer sein Gesprächspartner war: der Oberarzt Dr. Paoli vom St.-Eustasius-Krankenhaus. Der versuchte Selbstmord von Lukas war nur von ihnen erfunden und vorgespielt gewesen, um Claudia ein schlechtes Gewissen einzureden. So sollte ihr Trennungswunsch sowie die Scheidung vereitelt werden. Claudia hätte niemals für möglich gehalten, dass ihr Ehemann so skrupellos sein könnte. Was sollte sie jetzt tun? Sich zu erkennen geben und Lukas zur Rede stellen? Vielleicht war es jedoch besser, das Telefonat noch weiter zu verfolgen.

Aber Lukas sprach voller überheblicher Freude weiter mit dem Oberarzt: »Sie können in ein paar Monaten schon mal ein Einzelzimmer in ihrer Geburtenstation reservieren. Meine Ehefrau wird dann schwanger sein.«

Claudia zuckte zusammen. Wie kam Lukas darauf, dass sie ein Baby bekommen wollte?

»Wissen Sie, Herr Dr. Paoli, irgendwann werde ich meiner Frau nicht mehr glaubhaft den psychisch labilen Ehemann vorspielen können. Dann müssen andere Argumente überzeugen, damit sie mich nicht aus der Villa wirft.« Claudia bekam einen heftigen Schreck. Wie weit würde Lukas noch gehen, damit sie ihn bloß nicht verließe und er weiter die Annehmlichkeiten in ihrer Villa, wie auch mit ihrem Verdienst genießen könnte.

»Ja, Herr Dr. Paoli, ich weiß, dass ich dann auch mal Babysitten muss. Aber meine Frau verdient als Autorin ihr Geld und arbeitet daher die meiste Zeit zu Hause und oft auch noch nachts. Wenn ein neues Buch veröffentlicht wird, muss sie dann zwar auch Lesungen halten, aber das sind immer kurze Zeiten. Vielleicht kann sie sich dann auch ein Kinder- oder besser noch ein Au-pair-Mädchen besorgen, das das Baby und mich angemessen versorgt« Lukas lachte rau auf. Claudias Gehirn war wie leergefegt.

»Ja, momentan nimmt sie noch die Pille, aber den kleinen Gefallen können Sie mir bestimmt noch erfüllen und mir Tipps geben, wie sie unwirksam wird. Dann können wir beide weiterhin ein wunderbares Leben mit unseren treusorgenden Ehefrauen und jungen Geliebten führen. Meine Frau wird ihrem Kind niemals den Vater nehmen wollen, was auch immer ich anstellen werde.«

Claudia wäre jetzt am liebsten in das Arbeitszimmer gesprungen und hätte ihn zur Rede gestellt. Lukas wollte das Kind, um Claudia an sich zu binden, damit sie sein Leben angenehmer machte. Sie wankte, als ihr das Ausmaß von Lukas eigennütziger Skrupellosigkeit in vollem Umfange bewusst wurde.

Doch erst einmal musste sie zu sich kommen, um später überlegt handeln zu können. Mühsam schlich sich Claudia ins Badezimmer, um dort ihr Gesicht mit kaltem Wasser zu kühlen.

»Hey, Schatz. Ist dir etwa schon wieder schlecht?« Lukas sprach sie im Badezimmer so überraschend an, dass Claudia vor Schreck aufschrie.

Eine Sekunde überlegte sie, dann entschied sich Claudia, ihn nicht auf seinen Betrug oder ihre heimlich von ihm geplante Schwangerschaft anzusprechen. Die Gefahr, dass er sie daraufhin in endlose Diskussionen und verwirrenden Ausreden verstrickte, war ihr zu groß. Dafür hatte sie keine Kraft mehr.

»Ja, ich habe es mit meinem Spaziergang wohl doch übertrieben. Ich lege mich nochmal ins Bett und werde morgen Früh zum Arzt gehen«, lenkte Claudia ab. Mühsam rang sie sich ein Lächeln ab. Er würde seine gerechte Strafe noch erhalten - sogar schon bald.

Während sich Claudia im Bett die Bettdecke über den Kopf zog, liefen schon die ersten Tränen über ihre Wangen. Lukas hatte alles zerstört. Er hatte sich an ihrem gesamten Vermögen bedient, um sich mit käuflichen Mädchen zu amüsieren. Er hatte ihr Vertrauen erschüttert. Das Schlimmste aber war, dass er sie mit seinem Betrug so weit gebracht hatte, dass sie Patrick weggestoßen hatte. Lukas hatte sogar dafür gesorgt, dass sie keinen Kontakt mehr mit ihm aufnehmen konnte. Patricks Anschrift war mit dem Handy, das Lukas zerstört hatte, untergegangen.

Dennoch musste das Leben für sie weitergehen.

KAPITEL 28

Am nächsten Morgen stand Claudia zeitig auf. Lukas schlief noch neben ihr, denn er hatte sich seit der Insolvenz seines Geschäftes sehr schnell zu einem morgendlichen Langschläfer entwickelt.

Hektisch rannte Claudia in das Arbeitszimmer und suchte jedes nur mögliche Versteck dort ab. Sie musste peinlich darauf bedacht sein, dass Lukas später von dieser Suchaktion nichts mehr bemerken würde. Langsam und vorsichtig durchstöberte sie jede Schublade, jeden Winkel und begab sich dann daran, die einzelnen Bücher im großen Regal zu durchsuchen. Einzeln blätterte Claudia sie durch und hoffte, Lukas würde ihr Fehlen im Bett nicht entdecken. Er hatte doch von einer Etablissementrechnung gesprochen, die für Herrn Dr. Paolis Ehe gefährlich werden könnte. Claudia hatte die Hoffnung schon fast aufgegeben, dass diese Rechnung tatsächlich existierte, da fiel plötzlich ein weißer Umschlag aus einem dicken Buch.

Leise stellte sie das Buch wieder vorsichtig ins Regal zurück, ergriff den Umschlag und ging in das Bad. Sie wollte nicht, dass Lukas sie womöglich noch erwischte, während sie nachschaute, was er mal wieder für Geheimnisse in diesem Umschlag vor ihr verborgen hatte.

Sie schloss die Badezimmertür hinter sich ab und setzte sich auf den Rand der Badewanne. Mit zitternden Händen riss sie den zuklebten Umschlag auf und nahm das auf Briefumschlaggröße zusammengefaltete DinA-4 Blatt heraus. Sie faltete es leise auseinander und warf einen hoffnungsvollen Blick darauf. »Club Aphrodite« stand oben auf dem Briefbogen in schwarz-roten Buchstaben.

Fieberhaft suchte sie die Leistungsbeschreibung darunter nach ihr bekannten Namen ab.

Erst las sie eine Aufstellung von teuren Cocktails und Champagner, die sich schon auf mehrere hundert Euros beliefen. Darunter konnte sie voller Genugtuung lesen:

»Herr Dr. Dirk Paoli : Nacht mit Tatjana und Susi

Herr Lukas Fresik: Nacht mit Natascha«

So sehr sich Claudia freute, die Rechnung gefunden haben, so sehr schockierte sie dann doch der Gesamtpreis: EUR 3650,00.

Sie schüttelte sich, als sie daran dachte, wie mühsam sich ihre Eltern solche Beträge erspart haben, die sie ihr weitervererbt haben. Lukas hatte sie innerhalb einer Nacht ausgegeben, während er seinen Betrug noch mit Claudias Geld bezahlte.

Plötzlich klopfte es an der Badezimmertür. »Claudia, Liebling, warum schließt du denn ab?«

»Ich war in Gedanken, Lukas. Moment, ich bin noch auf der Toilette. Ich schließe gleich auf. «Hektisch verstaute Claudia den Brief in ihrer Unterhose. Man wusste nicht, wozu man solch einen Beweis mal brauchen könnte. Herr Dr. Paoli konnte er zumindest jetzt nicht mehr erpressen und zu Falschaussagen zwingen.

KAPITEL 29

Nachdem Claudia das hoffentlich letzte gemeinsame Frühstück mit ihrem Ehemann hinter sich gebracht hatte, verkündete sie, dass sie jetzt zum Arzt ginge.

»Das wird aber auch langsam Zeit, Claudia. Ich will doch langsam wieder etwas von meiner Frau haben«, freute sich Lukas schon, während er sich bereits das fünfte Brot dick mit zwei Wurstscheiben belegte.

»Wann gehst du zum Sport heute?«, fragte Claudia beiläufig, ohne auf Lukas' Bemerkung einzugehen. Sie war nervös und hoffte, dass diesen Tag alles wie geplant ablaufen würde.

»Ich frühstücke noch ein Stündchen, dann werde ich mich noch ein wenig mit dem neuen Computer-Rennspiel ausruhen. Ich gehe wohl in ungefähr zwei Stunden zum Fitnessclub. Wenn ich wiederkomme, wird es schon früher Nachmittag sein, aber ich würde mich dennoch über ein schönes Essen von dir freuen!« Lukas zwinkerte Claudia vergnügt zu. Er war bester Laune, noch!

»Gut, dann gehe ich jetzt mal. Der R....«, Claudia schluckte. Beinahe hätte sie sich verraten, doch Lukas merkte nichts. Er biss vergnügt in sein Brot und sonnte sich

gedanklich in seinem Erfolg seines Betruges.
»Der Arzt hat nur bis 12:00 Uhr auf. Ich muss
mich langsam beeilen.«

Lukas nickte nur.

Claudia beeilte sich, ihre Villa mit dem noch
bei ihr wohnenden, von ihrem Vermögen
schmarotzenden Ehemann zu verlassen. Sie
rannte den ganzen Weg, bis sie vor der Kanzlei
ihres Familienrechtsanwaltes Dr. Naburg war.
Sie wollte erst seinen juristischen Rat hören,
ehe sie handelte.

Nachdem ihr Atem sich beruhigt hatte, ging
sie hinein. Claudia musste wohl dennoch so
aufgewühlt gewirkt haben, dass Herr Naburg
sie nicht warten ließ und sie sofort in sein
Zimmer holte

Sein Zimmer war mit schweren, dunklen
Möbeln ausgestattet, die nur durch die großen
Fenster ohne Gardinen erhellt wurden. Nur
noch die Staubschicht auf alten Akten hätte
gefehlt, um das Klischee einer antiquierten
Rechtsanwaltskanzlei zu erfüllen. Allerdings
war sein Zimmer äußerst sauber. Nicht eine
Akte lag unbearbeitet auf dem Schreibtisch
oder den Seitenschränken.

Herr Naburg war als sehr fortschrittlicher und äußerst interessierter Anwalt bekannt. Obwohl er erst vor einigen Jahren sein Staatsexamen mit nur durchschnittlichen Noten absolviert hatte, konnte er schon auf eine ansehnliche Reihe gewonnener Rechtsfälle zurückschauen, die ihm im Ort einen sehr guten Namen eingebracht hatten.

Claudia war gerne bereit, eine Hypothek auf ihre Villa mit Grundstück aufzunehmen, um die Gerichts- und Anwaltskosten zu bezahlen, wenn sie dafür ihre Freiheit und Ruhe wiederbekäme. So erzählte sie Herrn Naburg die ganze Geschichte zwischen Lukas und ihr, den Betrügereien, Lügen, Erpressungen und seinem Wunsch, sie letztlich mit einem Baby zu halten.

Herr Naburg hörte äußert interessiert zu, bevor er sich aufstöhnend zurücklehnte.

»Frau Fresik, Ihren Mann müssen Sie schnellstens loswerden.«

Claudia nickte und schilderte ihren Plan.

Herr Naburg grinste und meinte: »Das erscheint mir durchaus angemessen. Wissen Sie, Frau Fresik, ich habe erst um 16:00 Uhr wieder einen Mandantentermin. Ich komme mit und unterstütze Sie bei Ihrem Vorhaben.«

Claudia freute sich sehr über die unerwartete Hilfe ihres mitfühlenden Rechtsanwaltes.

KAPITEL 30

Erschöpft, aber rundherum zufrieden stand Lukas nach seinem Krafttraining im Sportstudio vor der Villa seiner Frau und suchte in der rechten Hosentasche nach seinem Haustürschlüssel. So angenehm, wie es sich für ihn entwickelt hatte, dürfte er jetzt häufiger zum Sport gehen können. Lukas grinste, als er an die neue, attraktive Thekenbedienung dachte, die ihm zwinkernd den Eiweißshake gereicht hatte. Ihr schmalen Hände hatten kurz seine Finger berührt, als er ihr das Getränk abgenommen hatte.

»Ich mag Männer, die schwitzen«, hatte die junge Blondine gesäuselt.

Lukas atmete tief durch. Hier bei seiner wieder eingefangenen Ehefrau könnte er sich jetzt erst einmal verwöhnen lassen und morgen die Vorzüge einer leidenschaftlichen Liebhaberin im Sportstudio genießen. Was für ein herrliches Leben stand ihm jetzt bevor.

Als Lukas jedoch seinen Haustürschlüssel ins Schloss stecken wollte, hakte der Schlüssel und fiel ihm aus der Hand. »Mist«, fluchte er, hob den Schlüsselbund auf und versuchte es noch einmal.

Aber der Schlüssel passte noch immer nicht in das Schloss. Hatte er ihn vielleicht verbogen, als er sich nach dem Sport kurz auf seine Jeans gesetzt hatte, in dessen rechter Hosentasche noch der Schlüsselbund steckte?

Als sich der Schlüssel jedoch trotz Rütteln und Drücken nicht in das Haustürschloss stecken ließ, gab Lukas auf und schellte. Er hoffte, dass Claudia nicht schon wieder die Villa für einem Spaziergang verlassen hätte.

Erleichtert hörte Lukas, wie sich Schritte der Tür näherten. Die Tür wurde langsam einen Spalt aufgemacht.

»Claudia, Liebling, ich bin's. Der Schlüssel passt plötzlich nicht mehr ins Schloss, ich muss ihn wohl verbogen haben. Hast du uns schon etwas Schönes gekocht?«

Doch die Haustür öffnete sich nicht weiter, als nur einen kleinen Spalt.

»Der Schlüsseldienst war wirklich schnell und gut«, antwortete Claudia durch den Spalt.

»Was ist denn los? Wieso hast du einen Schlüsseldienst bestellt?

»Der Schlüsseldienst sollte die Haustür-, Garagen- und Gartenschlösser austauschen.«

»Warum brauchen wir neue Schlösser?«, Lukas verstand Claudia nicht.

»Dein Wagen, der auf meinen Namen läuft und für den ich die Kreditraten und die Steuern abbezahle, steht in der Garage. Die Villa und das Grundstück sowie der Garten gehört mir. Da wir ab sofort getrennt leben, brauchst du keine Schlüssel mehr.«

Lukas schnappte nach Luft. »Ich weiß nicht, ob ich dazu schon bereit bin, Claudia. Ich brauche noch etwas Zeit, um mich wieder zu fangen«, stotterte Lukas. Da Claudia nicht reagierte, ergänzte er nun direkter: »Ich kann mir nicht vorstellen, dass du schon Witwe werden willst.«

»Eigentlich ist mir das egal«, antwortete Claudia in einem gespielt gleichgültigen Ton. »Zudem kannst du deinen Freund, Dr. Dirk Paoli, nicht mehr weiter erpressen, denn die verräterische Rechnung befindet sich jetzt in meinem Besitz«, erklärte Claudia weiter.

»Besser gesagt: Der liegt in meinem Tresor und wartet darauf vor Gericht eingesetzt zu werden, wenn Sie, Herr Fresik, noch höhere als die gesetzlichen Unterhaltsansprüche oder andere Ausgleichszahlungen einklagen sollten. Ich bin sicher, dass sich auch Ihre

Krankenkasse brennend für den Betrug interessieren wird.«

»Aha, daher weht der Wind«, lachte Lukas plötzlich. »Du hast einen neuen Geliebten.« Arrogant stellte er seinen Fuß in die Öffnung der Haustür. »Ich habe dir doch gesagt, dass du dich auch amüsieren darfst. Er bleibt sowieso nicht lange bei dir, sondern will nur sein Vergnügen. So sind wir Männer nun mal. Deswegen müssen wir uns doch nicht gleich trennen.«

»Lukas, das ist nicht mein neuer Freund, sondern mein Rechtsanwalt. Ich habe dir für eine Nacht ein Zimmer im Hotel hier um die Ecke gemietet, damit du ein wenig Zeit hast, dir eine neue Schlafmöglichkeit zu suchen. Die paar Dinge, die dir gehörten, schicke ich dir gerne nach, sobald du mir deine neue Anschrift schickst. Ein Koffer mit den notwendigsten Dingen steht bereits in deinem Hotelzimmer und...«, Claudia lächelte bitter, »deine Videospiele habe ich dir großzügigerweise auch dorthin bringen lassen.«

»Die hätte ich auch gut in meinem Auto transportieren können«, knurrte Lukas. Sein Gesicht zeigte harte Züge und er kochte nur so vor Zorn.

»Welches Auto? Wenn du den großen Sportwagen in meiner Garage meinst, so ist dieser, wie bereits erwähnt, mein Auto. Ich werde ihn verkaufen und mir mit dem Erlös einen kleinen Wagen und die Scheidungskosten finanzieren.«

Man hörte Lukas hinter der Tür einen Schritt zurücktreten und schwer atmen. »Du willst mich hier wirklich nach sieben Jahren Ehe ohne Auto, Geld und nur mit ein paar Gegenständen aus dem Haus werfen?«

»Ja, das will ich und das hast du auch verdient! Sieben Jahr Untreue, Betrug und Lügen. Aber beruhige dich. Ich habe in dem Koffer in deinem Hotelzimmer auch einen Umschlag mit 2.000 EUR gesteckt, damit du ein paar Tage über die Runden kommst. Du rühmtest dich doch immer damit, dass du so beliebt bei den Frauen bist. Eine davon nimmt dich sicher so lange bei sich auf, bis sie merkt, wie falsch du wirklich bist.«

»Claudia, das kannst du nicht tun!« Doch die Haustür schloss sich endgültig mit einem lauten Knall vor Lukas.

KAPITEL 31

Leider erwies sich jedoch die von Claudia und dem Rechtsanwalt Naburg beantragte besonders zügig durchzuführende Härtefallscheidung als problematisch. Erst als sie Lukas seinen teuren Wagen anbot und einem ohnehin gesetzlichen Mindestunterhalt zustimmte, willigte auch er endlich in die von ihr ersehnte Härtefallscheidung ein.

So war Claudia ein paar Monate später ihren Ehemann erfolgreich losgeworden, aber bezahlte ihre Freiheit mit erheblichen finanziellen Problemen.

Lukas sah es überhaupt nicht ein, sich um eine Arbeitsstelle zu bemühen oder einen Job anzunehmen. Sehr selbstzufrieden ruhte er sich auf dem Geld aus, dass ihm seine Exfrau monatlich zahlen musste. Inzwischen hatte er sich eine kleine Wohnung gemietet, in der er jedoch kaum aufzufinden war, da er sich stets von einer seiner ständig wechselnden Freundinnen umsorgen ließ. Leider konnte Claudia dies jedoch nicht beweisen und musste daher weiterhin für ihren und seinen Lebensunterhalt sorgen.

Glücklicherweise war ihr Liebesroman von dem Verlag mit einigen Änderungswünschen angenommen worden. Claudia war sogar dafür gelobt worden, ihre Hauptfiguren sehr lebensnah und die Handlung besonders dramatisch geschildert zu haben. Insbesondere ihr »Titelheld« wäre sehr menschlich und dennoch äußerst sympathisch von ihr herausgestellt worden. Claudia konnte sich über das große Lob ihres Verlages nicht so recht freuen.

Ihre Hauptfiguren waren in ihrer Vorstellung sie selbst und Patrick gewesen. Im Gegensatz zu ihrem Liebesroman mit Happy End würde es eine glückliche Wendung in ihrem Leben mit ihm nicht mehr geben können. Claudia hatte ihn deutlich genug abgewiesen und kämpfte nun mit genug Problemen in ihrem Leben. Außerdem besaß sie noch nicht einmal seine aktuelle Anschrift oder Telefonnummer. Eine Kontaktaufnahme zu Patrick war somit unmöglich für sie.

Der Verkauf ihres Buches sowie die Lesungen und Autogrammaktionen würden Claudia erst einmal wieder ein wenig

Einkommen einbringen. Es reichte jedoch nicht, um die Unterhaltskosten für ihre geerbte Villa und den nötigen Lebensunterhalt für sich und ihren Ex-Mann bestreiten zu können. Claudia musste sich schweren Herzens eine kleine Wohnung mieten. Ihre Villa lag in einem noblen Viertel der Stadt, jedoch nicht weit von der Stadtmitte und dem Stadtpark entfernt. Sie war gut erhalten sowie gepflegt und Claudia hoffte, sie Gewinn bringend vermieten zu können. Als ein eine junge Arztfamilie unter der Bedingung Interesse zeigte, das Erdgeschoss als Praxis umbauen zu dürfen, willigte Claudia ein. Die Arztfamilie würde einen hohen Mietbetrag zahlen und wollte außerdem die Umbaukosten übernehmen.

Zudem nahm Claudia eine Teilzeitkassierertätigkeit in einem Geschäft an. Die Geschäftsführerin war sehr verständnisvoll und bot ihr an, Claudia für Lesungen und ähnliche Veranstaltungen als Autorin auch kurzfristig freizustellen.

Sie erhielt eine elektronische Stempelkarte, die ihre tatsächlich geleisteten Arbeitsstunden in diesem Geschäft aufzeichnete, für die sie eine monatliche Vergütung erhielt.

In den ersten Monaten kam Claudia dadurch gut über die Runden, dachte jedoch mit Schrecken an die kommende Zeit, in der sie womöglich nicht mehr so viel Einnahmen durch die Buchverkäufe und die Lesungen erzielen würde.

Der Verlag hatte bereits eine Anfrage an sie wegen einer Fortsetzung ihres letzten Liebesromans gestellt, aber Claudia fühlte sich momentan nicht in der Lage, eine romantische, lockere, realistische Liebesgeschichte zu verfassen. Obwohl der Verlag Verständnis für ihre momentan schwierige Situation hatte, drängte er zunehmend auf ihre verbindliche Zusage. Inzwischen war Claudia der entsprechende Vertrag zugegangen und sie musste sich innerhalb der nächsten zwei Wochen entscheiden, ob sie ihn unterschrieb.

Obwohl Claudia durch ihre Mehrfachbelastungen mit ihrem Mieter, ihrem Kassiererinnenaushilfsjob und ihrer Autorentätigkeit mehr als ausgelastet war, konnte sie noch immer Patrick nicht vergessen. Er spukte Claudia in den kurzen Zeiten der Besinnung durch ihre Gedanken und durch ihre Träume. Obwohl ihr klar war, dass sie sich von ihm verabschieden müsste, schien ihre Erinnerung an Patrick sie nicht loslassen zu wollen.

KAPITEL 32

An einem der seltenen freien Tage, die sich Claudia höchstens einmal im Monat gönnte, um wichtige Dinge zu erledigen oder mal abzuschalten, stöberte sie durch die ausgelegten Prospekte eines Reiseveranstalters vor einem Reisebüro. Durch seine Lüge hatte Lukas ihr den teuren Irland-Urlaub zerstört. Sehnsüchtig durchsuchte sie die Irlandpauschalreiseangebote, wohl wissend, dass ihre enge Zeit und ihr stets leerer Geldbeutel solch einen Luxus nicht mehr erlauben würden.

»Kann ich Ihnen weiterhelfen? Sie scheinen etwas Bestimmtes in unseren Reiseprospekten zu suchen.« Eine junge Angestellte stand neben Claudia und lächelte sie aufmunternd an.

Claudia erschrak, als sie so abrupt aus ihren Gedanken gerissen wurde »Ich hatte mir tatsächlich Ihre Irlandpauschalreisen angeschaut.«

»Wir haben gerade in diesem Jahr sehr interessante und preisgünstige Angebote«, lockte die nette Dame nicht ganz ohne Erfolg.

»Vielen Dank, aber ich habe leider weder die Zeit noch das Geld für eine Reise.«

»Gerne suche ich Ihnen etwas heraus, das Ihrem Geschmack entspräche. Sie überlegen es sich dann zu Hause noch einmal in Ruhe«, bot die Reiseverkehrskauffrau engagiert an. Claudia brachte es nicht mehr übers Herz abzulehnen. Irland war für sie schon immer das schönste Fleckchen der Erde gewesen und zudem war auch ihr Traummann Patrick dort. Es schadete nichts, sich anzuhören, welche Angebote es gab. Vielleicht würde Claudia doch das Geld zusammensparen können, um sich noch einmal eine preisgünstigere Reise dorthin zu leisten.

Claudia ging mit der netten Angestellten in das kleine Reisebüro und setzte sich vor den großen Schreibtisch, der bereits mit aufgeblätterten Reiseprospekten übersät war.

»Was suchen Sie denn genau? Interessieren Sie sich für eine Rundreise, eine Städtereise oder für einen ruhigen Aufenthalt in einem Hotel oder einer Ferienanlage in der schönen Natur Irlands?« Ein kleines Schild auf dem Schreibtisch verriet, dass es sich bei der netten Reiseverkehrskauffrau um Frau Schubert handelte.

»Ich würde ein Ferienhaus oder eine Unterbringung an einem festen Ort irgendwo an der Westküste Irlands bevorzugen.« Claudia schwebte im Grunde dieselbe Reise vor, wie die, die sie damals gebucht hatte.

»Wie lange würden sie gerne dortbleiben?«, fragte Frau Schubert nach, während sie sich bereits mehrere Prospekte aus den Ständern im Laden zusammensuchte.

»Damals hatte ich zwei Wochen gebucht, aber jetzt könnte ich höchstens ein paar Tage Urlaub nehmen«, überlegte Claudia laut.

»Hätten Sie auch Interesse am Urlaub auf einem Reiterhof?«, fragte Frau Schubert beiläufig, doch Claudias Herz fing an, heftig zu schlagen. Hatte Patrick nicht eine Ferienanlage mit Pferden und Reitmöglichkeiten in Irland aufbauen wollen? Könnte es sein, dass er seinen Traum schon in den paar Monaten hatte verwirklichen können?

»Ja, eine Ferienanlage mit Reitmöglichkeiten wäre genau das Richtige für mich«, bekundete Claudia schnell ihr Interesse.

»Irland mit dem Pferd zu erkunden soll ein ganz besonderes Abenteuer sein.« Frau Schubert lächelte Claudia zwinkernd an.

Claudia verschwieg ihr, dass sie gar nicht reiten konnte.

»Mal schauen, was ich Ihnen da anbieten kann.« Frau Schubert blätterte hektisch verschiedene Prospekte durch. »Ja, da hätte ich etwas. Ein Ferienreiterhof für Einheimische und Touristen. Er liegt allerdings im Herzen von Irland und nicht an der Westküste.«

»Das wäre nicht so entscheidend. Wie lange besteht der Reiterhof schon?«

Frau Schubert schaute Claudia fragend an, aber wandte sich dann wortlos ihrem Computer zu. »Der Reiterhof existiert seit vier Jahren, steht hier in der Beschreibung. Er ist regelmäßig zu den Ferienzeiten ausgebucht. Es werden verschiedenste betreute Reitausflüge mit unterschiedlichen Zielen und Schwierigkeitsgraden angeboten. Die Beurteilungen sind sehr gut. Wäre das was für Sie?«

Claudia schämte sich ein wenig, der freundlichen Reiseverkehrskauffrau die Zeit zu stehlen. Sie suchte im Grunde wohl keine Reise, sondern einen Mann aus ihrer Vergangenheit.

»Gibt es noch mehr Angebote für Urlaube auf irischen Reiterhöfen?«, fragte Claudia dennoch hoffnungsvoll weiter.

Frau Schubert beugte sich wieder zu ihrem Computer auf dem Schreibtisch und tippte einiges ein, bevor sie antwortete.

»Es gibt noch weitere drei, wovon einer noch relativ neu ist«, fand Frau Schubert zögernd heraus.

»Wo liegt denn der Neue?«

»Er befindet sich nicht direkt an der Westküste von Irland, aber in der Nähe von Clifden. Leider gibt zu dieser Ferienanlage noch keine Beurteilungen.« Frau Schubert schüttelte den Kopf. »Ich würde Ihnen raten, ein Ferienziel auszusuchen, das bereits getestet wurde. Sonst landen Sie nachher womöglich noch auf einer Baustelle.«

»Welche Angebote liegen für diese Ferienanlage vor?«, beeilte sich Claudia zu fragen, ohne auf die Warnung von Frau Schubert einzugehen.

Doch die freundliche Angestellte schüttelte erneut den Kopf. »Ich kann Ihnen leider kein Angebot unterbreiten. Reisen dorthin sind momentan über unser Reisebüro noch nicht buchbar.«

»Könnten Sie mir den Namen des Reiterhofes nennen?«

»Eigentlich geben wir aus geschäftsschädigenden Gründen die

Anschriften erst mit Vertragsabschluss heraus. Da Sie dieses Reiseziel jedoch nicht über uns buchen können, mache ich in diesem Falle eine Ausnahme.«

Claudia freute sich sehr. »Vielen Dank!«

Frau Schubert schrieb ein paar Wörter auf einen kleinen weißen Zettel und reichte ihn Claudia. »Ich weiß zwar nicht, warum Sie gerade dorthin möchten, aber ich wünsche Ihnen dennoch viel Erfolg beim Buchen Ihrer Reise. Sollten Sie sich jedoch umentscheiden, berate ich Sie gerne.«

»Vielen Dank für Ihre Mühe!«, sagte Claudia geistesabwesend. Schnell stand sie auf und verließ das Reisebüro, um möglichst schnell einen Blick auf den weißen Zettel werfen zu können, der ihr wahrscheinlich endlich die Anschrift von Patrick mitteilen würde. Endlich hatte sie wieder ein Ziel vor Augen, dass ihr Kraft geben könnte. Sie wollte Patrick kontaktieren und ihn besuchen. Dafür würde sie doppelt so hart arbeiten und auch gelegentlich auf das Essen verzichten, um das nötige Geld dafür zu sparen.

Direkt vor der Tür schaute sie hoffnungsvoll auf die Notiz und las »Ferienanlage mit Reiterhof in Irland

Inhaber: Patrick Roland und Sandra Roland«

Claudia zuckte so heftig zusammen, als hätte sie gerade ein Stromschlag getroffen. Mühsam quälte sie sich zur Bank auf der anderen Straßenseite und ließ sich darauf fallen. So schnell hatte Patrick sie also vergessen können. Während Claudia in den letzten Monaten die Scheidung durchgezogen hatte, musste Patrick geheiratet haben. Vielleicht war er bereits verheiratet gewesen und es ihr nur verschwiegen? Doch Claudia schüttelte den Kopf. Sie glaubte nicht, dass Patrick ein Lügner war. Er hatte sich eine andere Frau gesucht, nachdem Claudia ihm deutlich gemacht hatte, dass sie bei Lukas blieb. Sie konnte Patrick noch nicht einmal einen Vorwurf machen. Er war stark genug gewesen, ihre Entscheidung zu akzeptieren und sich ein Leben mit einer anderen Frau aufzubauen. Während Claudia Tränen der Trauer über die Wangen liefen fragte sie sich, wie sie es schaffen sollte, Patrick zu vergessen.

KAPITEL 33

Der volle Terminplan von Claudia konnte sie nicht trösten. Im Gegenteil: Er zog an ihren letzten noch verbliebenen Kraftreserven, die sie dringend benötigte, um ihren stressigen Alltag zu meistern. Am kommenden Montag und Mittwoch waren Lesungen ihres neuen Buches geplant. Am Mittwoch sollte sie von morgens an, ihr Buch in einer großen Buchhandlung in der deutschen Hauptstadt signieren und ihren Lesern für Rückfragen sowie persönliche Widmungswünsche zur Verfügung stehen. Am Abend würde sie zwei Stunden aus ihrem Buch lesen und die Veranstaltung durch passende humorvolle Anekdoten auflockern. Es war bereits Claudias achte Lesung und sie wusste genau, welche Textstellen bei den Lesern gut ankamen und über welche kleinen zusätzlichen Geschichten die Zuhörer am meisten lachten. Dennoch war der Abend als der Höhepunkt ihrer Leseaktivitäten geplant. Er fand in der Hauptstadt statt und war mit wochenlangen Werbemaßnahmen angekündigt worden. Die kostenpflichtigen Eintrittskarten waren vollständig aufgekauft. Zudem wollten Journalisten von zwei örtlichen Zeitungen anwesend sein, die Claudia Fragen stellen und fotografieren würden.

Claudia stöhnte auf. Sie hätte sich freuen sollen. Ihr Buch war nicht zuletzt wegen der umfangreichen Werbung des Verlages in den Bestsellerlisten zu finden. Andere Autoren hätten alles dafür getan, sich als eine deutsche Berühmtheit fühlen zu dürfen. Claudia war froh über die guten Einnahmen, die ihr die Buchverkäufe und Lesungen brachten. Davon musste sie eine Zeit lang leben können und noch dazu ihren Ex-Ehemann und sein faules Leben finanzieren. Ansonsten war keine Freude in ihr. Sie hatte Patrick wegen einer verlogenen List von Lukas verloren und sie litt noch immer darunter.

Zweit Nächte würde sie in einem Hotel schlafen. Die Übernachtung war von der Buchhandlung gebucht und bezahlt worden. Früher hätte sich Claudia darauf gefreut, von den Hotelangestellten umsorgt zu werden. Momentan war ihr jedoch alles zu viel und sie hatte Sorge, in der fremden Umgebung des Hotels ihre innere Einsamkeit noch deutlicher spüren zu können.

Während des letzten Frühstücks würde zudem ihre Lektorin des Verlages anwesend sein. Am Morgen nach der Lesung wollte sie den unterschriebenen Vertrag über einen Fortsetzungsroman mitnehmen. Claudia wünschte sich jedoch im Moment nur ein beständiges, ruhiges Leben, ohne für jede Lesung bei ihrer Chefin eine Beurlaubung einreichen zu müssen. Sie wollte keinen Liebesroman schreiben und sich vor allem auch nicht mehr diesem Organisationsstress aussetzten. Claudia brauchte jedoch das Geld dringend, dass sie sich enorm unter Druck gesetzt fühlte.

KAPITEL 34

Claudias Lesung am Montag verlief ruhig und gewohnt ab, obwohl sie zuvor mit starken Medikamenten ihre Kopfschmerzen betäuben musste.

»Sehen Sie diese Lesung als Generalprobe. Sie wollen Ihre Zuhörer unterhalten und je schlechter diese letzte Probe läuft, desto besser wird die Hauptlesung werden«, riet ihr ihr Verlag, als sie ihnen von ihrer möglichen Beeinträchtigung durch die Medikamente erzählte.

Am Mittwochmorgen waren zwar die heftigen Kopfschmerzen verschwunden, dafür hatte sich jedoch eine lästige Nervosität breit gemacht. Claudia wusste, dass diese Lesung wichtig für sie und den Verlag war. Da sie in ihrer Aufregung kaum einen klaren Gedanken fassen konnte, war sie froh, dass am Morgen noch wenig Kunden in der Buchhandlung auftauchten.

Um 20:00 Uhr würde im Saal der Buchhandlung dann der Sektempfang mit Lesung stattfinden. Doch bereits am frühen Nachmittag nahmen die interessierten Leser und deren Fragen zu. Voller Schrecken musste Claudia immer wieder betonen, dass die Handlung und die Figuren völlig frei erfunden seien. Es war eine Lüge, die Claudia oftmals nur schwer von den Lippen kam, aber der Verlag hatte sie immer wieder darauf hingewiesen, aus rechtlichen Gründen bloß nichts anderes zu erzählen. Es tat Claudia weh, Patrick und ihre Liebe zu ihm dadurch zu verleugnen. Dennoch war ihr klar, dass der Verlag Recht mit ihren Warnungen hatte. Sie würde Patricks Persönlichkeitsrechte verletzen, wenn sie ohne seine Einwilligung erwähnen würde, dass ihre sympathische, starke Hauptfigur im Grunde kein anderer als er wäre.

Erfreut stellte Claudia fest, dass sie bereits tagsüber mehrere hundert Bücher verkauft, signiert und mit Widmungen versehen hatte. Ähnlich viele Fragen hatte sie zu ihrer Romanhandlung, den Figuren und ihrem Leben als Autorin beantwortet. Zwei längere Interviews waren geführt worden und sie tränte noch immer leicht von den Fotos, die in der elektrisch beleuchteten Buchhandlung nur mit Blitzlicht geschossen werden konnten.

Dennoch war Claudia erstaunlicherweise nicht müde, als sie ihren Tisch mit ihren Büchern wegräumen und den Kugelschreiber und das restliche Päckchen Visitenkarten einpacken konnte. Sie war aufgedreht und versuchte, sich auch bewusst in dieser Stimmung zu halten, denn nun würde sie ihre Lesung vor vielen Zuhörern halten müssen, die für diese Präsentation gut bezahlt hatten.

Als Claudia den großen Saal betrat, war sie von der Stimmung dort überwältigt. Die Stuhlreihen bestanden aus gepolsterten Dunkelholzstühlen und an den Wänden ringsherum befanden sich antike dunkle Vitrinen, auf denen sich Kerzenständer befanden. Auch in den Gängen zwischen den Stuhlreihen und vorne am Lesestehpult standen schmiedeeiserne anderthalb Meter hohe Kerzenständer mit dicken weißen Kerzen darin. Sämtliche Kerzen brannten und deren Schein warf flackernde geheimnisvolle, aber auch romantische Schatten. Die restliche Beleuchtung bestand aus elektrischen Wandlampen, die ein warmes Licht abgaben. Voller Begeisterung schaute sich Claudia immer wieder die Ausstattung dieses

Lesungssaales an, die eine ganz besondere Atmosphäre schuf.

»Wollen Sie auch ein Glas Sekt«, fragte sie eine junge Dame, die ein elegantes schwarzes Kostüm trug und ihr ein Tablett mit Sektgläsern hinhielt.

»Ja, gerne!« Claudia nahm den Sekt und nippte vom Glas. Der Sekt prickelte auf ihren Lippen, ehe sich sein süßes Aroma in ihrem Mund ausbreitete.

Claudia dachte, Sie hätte das Besondere an diesem Lesungsabend bereits in vollen Zügen genossen, aber sie ahnte nicht einmal, was sie noch erwartete.

KAPITEL 35

Während Claudia am Eingang die ersten Gäste begrüßte, baute ein Fotograf bereits seine feststehende Kamera und ein Mikrophon auf. Nachdem er sie eine Zeit lang hin- und hergeschoben, verstellt und eingestellt hatte kam er auf Claudia zu.

»Ich bin von Ihrem Verlag beauftragt worden, Ihre Lesung aufzuzeichnen. Der Lesungssaal ist bereits zu zwei Drittel gefüllt. Ich würde gerne noch ein paar Fotos von ihnen am Lesestehpult machen, bevor sie sich bewegen. Zudem möchte ich kurz ausprobieren, ob man sie gut verstehen kann. Könnten Sie sich dort bitte jetzt mal kurz hinstellen und erst einmal in die Kamera grinsen? «

Claudia nickte lachend. Der Fotograf hatte einen trockenen Humor, der sie an Patrick erinnerte. Sie wollte heute nicht trauern, sondern den Abend in vollen Zügen genießen.

Während Claudia mit dem Fotografen die Fotos und den Toncheck machte, strömten die restlichen Gäste in den Saal. Einerseits bedauerte sie, ihre Zuhörer jetzt nicht mehr persönlich begrüßen zu können, aber andererseits war auch noch nach der Lesung Zeit dazu.

Kaum hatte der Fotograf ihr ein Zeichen gegeben, dass alles in Ordnung war, da kam auch schon der Leiter der Buchhandlung zu ihr an das Lesepult.

»Sehr geehrte Gäste. Ich bin kein Freund von langen Reden. Daher wünsche ich Ihnen und mir viel Freude bei der Lesung von Frau Claudia Fresik aus ihrem neuesten Bestsellerroman. Fragen an Frau Fresik können Sie gerne im Anschluss an ihre Präsentation stellen. Wir legen nachher ihre Bücher aus, die sie gerne durchblättern, kaufen und signieren lassen dürfen. Belagern Sie Frau Fresik heute ruhig. Wir wissen schließlich nicht, wann sie als berühmte Autorin mal wieder Zeit findet, uns hier zu besuchen.« Die Zuschauer lachten und Claudia fühlte sich warm umsorgt.

Claudia bedankte sich ebenfalls für das Interesse ihrer Zuhörer und begann dann, aus ihrem Buch zu lesen. Das flackernde, gedämpfte Licht sowie die konzentrierte Spannung unter den Gästen ließ sie wieder in ihre Gedanken beim Schreiben des Romans eintauchen. Sie wurde zur weiblichen Hauptfigur ihres Buches und Patrick war ihr Traummann und ihr Held. Claudia las langsam und mit viel Betonung. Ihre Anekdoten erzählte sie ebenfalls mit viel Gefühl und Herz und ihre Zuhörer reagierten stärker darauf, als sie es bisher gewohnt war.

Viel zu schnell kam die zweistündige Lesung zum Schluss und schweren Herzens musste Claudia ihren andächtig lauschenden Gästen das Happy End verschweigen.

Als Claudia das Buch zuklappte, herrschte einige Sekunden absolute Stille im Raum, ehe das anerkennende Klatschen ertönte.

Noch immer Beifall klatschend kam der Buchhandlungsgeschäftsführer zu Claudia, legte einen Arm um sie und sprach in das aufgestellte Mikrophon. »Ich merke, dass Sie noch genauso fasziniert von der Lesung sind wie ich. Dennoch könnten Sie jetzt gerne Ihre Fragen an unsere Autorin Frau Claudia Fresik stellen.«

Einige Finger schnellten hoch und der Buchhandlungsleiter übernahm die Moderation.

»Wie lange haben Sie an dem Roman geschrieben«, fragte der erste Zuhörer.

»Von der ersten Idee bis zur Veröffentlichung waren es vierzehn Monate«, antwortete Claudia wahrheitsgemäß.

»Haben Sie auch Schreibblockaden oder schreiben Sie die Geschichte in einem durch?«

»Oh, ja, Schreibblockaden kenne ich auch nur zu gut. Um einen Liebesroman zu schreiben, sollte man in einer beschwingten, sorglosen Stimmung sein. Wie Sie sicher auch kennen, bietet das Leben leider nicht immer nur problemfreie und leichte Zeiten.«

»Danke, Frau Fresik. Die nächste Frage, bitte!«, moderierte der Geschäftsführer und zeigte auf eine Frau, die sich schon die ganze Zeit gemeldet hatte.

»Ich habe gehört, dass Sie gerade geschieden wurden. Dann kann die männliche Hauptperson in ihrem Roman wohl eher nicht von ihrem Mann inspiriert worden sein?«

»Nein, sonst hätte ich mich wohl nicht scheiden lassen«, grinste Claudia.

»Entschuldigen Sie meine Neugier, Frau Fresik, aber beruht Ihr Roman zumindest ansatzweise auf erlebten Erinnerungen. Ich meine, die Figuren und die Geschehnisse in ihrem Buch sind so lebensnah geschildert, dass man denken könnte, die Personen und Ereignisse hätte es tatsächlich gegeben.«

Claudia stockte. Sie dachte an die Ermahnung ihres Verlages und antwortete freundlich. »Es handelt sich nicht um einen autobiografischen Roman. Die Handlungen in meinem Buch sind frei erfunden und die Personen auch.«

Wie häufig hatte Claudia diese Lüge an diesem Tag schon wiederholt. Langsam glaubte sie fast selbst daran.

Der Geschäftsführer zeigte auf einen Mann in den hinteren Reihen, der sich erst nach Claudias Antwort gemeldet hatte. Er stand auf, um seine Frage zu stellen und Claudia erschrak. Sie kannte ihn persönlich.

»Die Hauptfiguren kommen mir jedoch sehr bekannt vor. Nur leider haben die zwei Liebenden, an die ich denken muss, wegen verschiedener tragischer Verflechtungen nicht zueinander gefunden. Ich bin mir aber sicher, dass die männliche Hauptperson es gerne wüsste, wenn er damit gemeint wäre.«

Verwirrt schaute der Buchhandlungsleiter Claudia an, wobei der Fragesteller seinen Blick noch immer gebannt auf sie richtete.

Claudia holte tief Luft. Was sollte sie tun. Patrick stand dort und wollte wissen, ob er das Vorbild für ihren Held im Roman war. Patrick hatte letztlich gefragt, ob sie ihn liebte oder geliebt hatte. Warum war er zu ihrer Lesung gekommen, nachdem er jetzt verheiratet war und sich mit seiner Frau Sandra seinen Lebenstraum erfüllte? Sie wollte ihm nicht ihre Liebe gestehen, wenn er gebunden war.

Aber eines wollte sie auf keinen Fall mehr: lügen.

»Gut, der Mann dort hinten hat Recht. Ich hatte ein Vorbild für meine männliche Hauptfigur. Es ist ein Mann, den ich sehr schätze und in den ich mich verliebt hatte, nachdem meine Ehe bereits gescheitert war. Aber der Gast dort hinten hat auch Recht mit seiner Aussage, dass wir nicht zusammengekommen sind. Ich lebte in Trennung und er ist inzwischen verheiratet.« Claudia hob entschuldigend die Schultern. »Jeder Autor benötigt eine Inspiration und meine kam zum richtigen Augenblick. Das ist alles, was ich zu diesem Thema sagen kann.«

Patrick stand noch immer und holte tief Luft. Claudia hoffte, er würde diese Luft nicht nutzen, um zu reden, aber er erfüllte ihr diesen Wunsch nicht.

»Aber ich hätte zu diesem Thema noch etwas zu sagen. Ich bin dieser Mann, der stolz sein kann, als Vorbild für diesen fantastischen Roman gedient zu haben. Frau Fresik hat unsere Liebesbeziehung beendet, da sie noch Verantwortung ihrem Ehemann gegenüber fühlte. Woher sie jedoch ihre Information hat, dass ich verheiratet bin, ist mir schleierhaft. Die Liebe in ihrem Roman war stark und konnte alles besiegen. Warum soll dies nicht in der Realität auch möglich sein?«

Ein Raunen ging durch die Zuhörermenge und einige klatschten Beifall.

Claudia stand hilflos vor ihrem Rednerstehpult und wusste nicht, wie sie reagieren sollte. Wollte er seine Frau Sandra etwa wegen ihr verlassen? Sie bemerkte das Blitzlicht des Fotografen und spürte, dass diese Wendung nicht nur für ihren Roman ein Erfolg war.

Patrick kam langsam nach vorne. Der Buchhandlungsgeschäftsführer machte ihm bereitwillig Platz.

»So, liebe Damen und Herren. Ich wäre Ihnen sehr dankbar, wenn Sie jetzt meine Zeugen wären.« Patrick redete klar und deutlich in das Mikrophon, als wäre er kein Ferienreiterhofbetreiber in Irland, sondern ein Diplomat. »Ich habe mit meiner Schwester Sandra eine Reiterhofferienanlage in Irland gegründet. Ich möchte Claudia Fresik gerne als meine Frau dorthin mitnehmen. Ich garantiere Ihnen, ihre Romane werden dann noch viel »natürlicher«. Also, liebe Claudia...« Aus seiner Hosentasche zog er ein samtenes Klappschmucketui. Als er es öffnete, glänzte und schimmerte ein großer Diamantring im Schein der Kerzen. »...nun sag schon ja. Wenn du darauf bestehst, würde ich dir natürlich auch den Hochzeitsantrag auf trad....«

»Natürlich sage ich »ja«!«, rief Claudia und fiel Patrick um den Hals.

»Na, das gibt ja mal richtige Schlagzeilen: »Bestseller-Autorin findet bei Lesung ihren Traumprinzen des Romans«, kommentierte Patrick mit gewohnt trockenem Humor, während er seiner Verlobten den Diamantring an den Finger steckte.